香港城市大學中文及歷史學系
創系十週年叢書 05

消逝的聲音

省港澳滬的過去式

程美寶 著

中華書局

香港城市大學中文及歷史學系
創系十週年叢書總序

客人來訪，都説香港城市大學方便，以其連接交通樞紐，毗鄰購物商場。商場被學生戲稱為「白區」，從白區穿越時光隧道，通過紅門，進入紫綠藍黃紅區，便是大學。的確，校園商場，幾近無縫接軌，大學在城市之中，城市也在大學之內。在大學的某個角落，有一個「中文及歷史學系」，師生們也在埋首研究和書寫城市。中文及歷史學系由創系系主任李孝悌教授建立之初，即以中國口岸城市研究為主要發展方向。光陰荏苒，轉眼十年，是時候交些功課，本輯「創系十週年叢書」，即立意於此。

我們去年年末邀請一些同仁為叢書撰著，今秋陸續收成，發現大家竟不謀而合地皆論及或立足於城市，且古今相投，前後呼應。古代方面，有兩千多年前的楚都紀南城（沈德瑋），千多年前的長安與上黨（呂家慧）、寧波和日本福岡與奈良（李怡文）。近代方面，有兩本不約而同地以十九至二十世紀的香港為主題（程美寶、陳學然），但一旦講到香港，便不得不論及鄰近城市。有兩本分別追溯蕭紅在哈爾濱和上海（劉東）、饒宗頤在新加坡（楊斌）的人生軌跡，但這兩位主角最終都魂歸香港。二十、二十一世紀之交，人類學家（曹南來）遠赴巴黎、羅馬，尋覓的卻是溫州的身影。即便是文學創作，兩位作家（馬家輝、陳志堅）既生於斯長於斯，自然亦從香港出發，或在九龍碰上李小龍，或到上海尋覓魯迅。

倘若讀者覺得老師們的文筆太老氣橫秋，不妨來點「小清新」，讀讀城大本科生的文學創作——特別感謝潘步釗博士和陳志堅博士兩位中學校長為本系開設文學課程，給學生悉心指導，並多年擔任本系主辦的「城市文學獎」顧問和評判。二人合編《城市微縮》，收入本系和城大其他學系本科和碩士生的散文作品，他們對同學的讚許和鼓勵，想必比本校老師更為中肯。同時要感謝的，是本系同事范家偉，他編輯《鑽燧薪傳》，收入多年來碩博士在讀和畢業生的學術論文，邀請校外人士評審，敦促同學改進，一如既往地為學系的研究生教育嚴格把關。

同事們平日在辦公室大部分時間都埋首書齋，即便在走廊碰面，也只是匆匆點頭問好，隨即返回自己的天地，所謂君子之交是也。師生在課室相見，花開花落，又是一個畢業季，又是一個開學日，都未必記得彼此的名字。同事師生間的相識與相遇，儼如城市行人擦身而過，份屬隨緣。猶幸的是，「叢書」將接近五十位作者和編者通過文字和出版聯繫在一起，有史學有文學，由考古學到人類學，自戰國時代至二十一世紀，給讀者呈獻一趟歷經古今中外數十個城市的超時空之旅。各部作品體例不同，寫作風格有異，但都不會因為篇幅短小便顯得內容膚淺，而是盡量做到言之有物。讀者若能從叢書序號 1 讀起，一本一本讀到第 12 號，浸沉在昔日都城的繁華盛世，看到它們煙飛灰滅或今不如昔，則對自身有生之年所目睹的城市興衰，不會感到不解或感傷。最後讀到年輕人的寫作，聆聽他們對城市的觀察與隨想，理解他們在微縮的時空裏，如何把文字化作一道掌風，對抗遺忘，最終夢遊至那「不存在的城」，也許便是希望所在，亦算是我們出版本叢書的一個不經意的成果。

程美寶、陳學然 謹識

2024 年秋冬之際，深水埗與九龍塘之間

目錄

第三章
上海灘

第四章
澳門街

開　言

從前歌娘唱曲，會先唱一段開場白，清清喉嚨，喚起觀眾注意。例如，二十世紀六十年代曾在香港電台播錄過粵曲節目的「銀嬌師娘」，便唱過一首《花開富貴》，第一句便是：「開言來賀喜，各位運景光鮮！」我這裏也鸚鵡學舌，來個「開言」。

此書正題乃「消逝的聲音」，更準確來說，是「正在消逝的聲音」。什麼聲音正在消逝？讓我開門見山，清心直説，答案是：西關音。

「西關音」是粵語的其中一種口音。「粵語」是一個很籠統的概念。我們打開《中國語言地圖集》，可知語言學家把粵語分為「廣府」、「四邑」、「高陽」、「勾漏」、「吳化」等片。廣州和香港兩大都會，連同許多主要位於珠江三角洲的城市、鄉鎮和鄉村，同被劃入「廣府片」。[1] 所謂「廣府」，若按清代「廣州

1　中國社會科學院和澳大利亞人文科學院合編：《中國語言地圖集》，香港：朗文出版社，1987 年，B13「廣東省的漢語方言」介紹及地圖。

府」的行政劃分，包括了十四個縣（南海、番禺、東莞、順德、香山、清遠、三水、從化、增城、龍門、新會、新寧、新安、花縣）。不論憑專業知識或日常生活經驗，我們都知道，在同一片中，各城、鎮、鄉村甚或聚落的人們所說的粵語，在聲調、語法和用詞上，都有所差別。然而，在近二三十年的討論中，這類差別以廣州和香港兩地之間被談論得更多，以至有「廣州粵語」和「香港粵語」之分。[2]

誠然，經歷了數十年的政治和行政區隔以及代際更替，我不否認「廣州人」和「香港人」說的粵語沒有區別，但我們有沒有想過，在所謂「香港人」當中，粵語口音也千差萬別，在所謂「廣州人」當中，情況也是如此。假如我們從任何一個人群中，請出一位「香港人」和一位「廣州人」來比較一下他們的粵語，也很容易找出差別，但這些差別不是「香港」和「廣州」的差別，而是因為 A 君與 B 君因其他許多方面的因素而導致的差別。更何況何謂「香港人」和「廣州人」，也不是一張身份證或一個戶口本便可以界定的。

---

2 見張洪年：《香港粵語：二百年滄桑探索》，香港：香港中文大學出版社，2021 年，尤其注意〈二十一世紀的香港粵語：一個新語音系統的形成〉一章。

如果我們把注意力集中在聲調這個元素上，便應該知道，所謂的「香港粵語」和「廣州粵語」的一致性，遠遠高於粵語地區任何兩個鄰近城市（如廣州與佛山；香港與東莞）或同一城市內（如廣州的老城區西關與城內東山，還有城區與郊區、北郊與南郊；香港的港島市區與新界，甚或新界不同鄉村），或香港和廣州不同鄉籍背景的人群（如中山人、順德人）所講的粵語的一致性。要知道，香港和廣州兩個城市距離 120 多公里之遙，幾乎不能說是「鄰近」城市，而據我粗淺的認識，中國沒有任何兩個鄰近的城市的語音（如北京和天津，上海和蘇州）的相同性能與廣州和香港這對「雙子星」可比。道理本來很簡單，香港人普遍認定的「香港話」，其實是「廣州話」（Cantonese），用一個更老舊的說法，是「省城白話」。我曾不厭其煩地在不同場合申明，「Cantonese」的「Canton」是指省城，不是指廣東省；而「白話」中「白」的這個比喻，就是指沒有染上任何色彩——「鄉音」——的意思。要講得夠「白」，夠斯文，就得講「西關話」，聲調得按「西關音」。

「西關話」和「西關音」這個說法及其意涵，並非筆者無中生有。筆者迄今所見較早提出「西關話」這個說法的，是波乃耶（James Dyer Ball）在

其 *Cantonese Made Easy*（《易學廣東話》）一書初版（1883 年）中所寫的前言。在該前言中，波乃耶提出讀者該學的是「純正廣州話的正確發音」（“The Correct Pronunciation of pure Cantonese”），並謂：

> 即便在省城一處 —— 純正廣州話的所在與中心 ——［語音］也有細微的差異和劃分，每個字詞有多於一個發音，然而，學習者當以西關話（Saí Kwán wá, or West End speech）為標準。[3]

換句話說，所謂「廣州話」（Cantonese，時人也稱為「省城白話」，有時又叫「羊城土話」），也有局部地區性的差異。波乃耶身為外國人，要編寫教材，教外國人學白話，自然有「正確」、「純正」和「標準」等概念，才能在教材裏為每個字標音。

為什麼我們討論何謂「標準廣州話」，要引用一

3 James Dyer Ball, *Cantonese Made Easy*, 1907 edition, preface to the first edition 1883, XV. 原文是 “So far is this minute sub-division carried that even in the city of Canton itself, the seat and the centre of pure Cantonese, more than one pronunciation of words is used; the standard, however, being the Saí Kwán wá, or West End speech, to which the learner should endeavour to assimilate his talk”.

個外國人的著作呢？其實，波乃耶可說是名副其實生於廣州且在廣州生活多年的「廣州仔」，也可說是個「香港人」。波乃耶的父親是個牧師，1845 年遷到廣州傳教，他自己則 1847 在廣州出生，輾轉在廣州、英國、美國和香港等地讀書。1875 年加入香港政府，在裁判司署擔任中文傳譯員和書記，通過廣州話和客家話考試，先後任職高等法院的傳譯員、註冊總署代理署長等職，並且是公務員考試局的成員和代理督學，至 1909 年退休，移居倫敦。他先後編纂了多種粵語教材，論及順德、新會、東莞以及香山口音的不同。[4] 如此履歷，誰敢說波乃耶不是「廣州骨」、「香港仔」？

至於與波乃耶同時的本地人，既習以為常，也沒有現代語言和語音學的概念，恕筆者孤陋寡聞，尚未在與波乃耶同時期的中文文獻中，看到粵語當以「西關話」為標準的說法。迄今所見，較早在中文文獻從語音的角度提及「西關」一詞的，是一本 1934 年在香港出版的《粵東拼音字譜》。作者譚榮光編寫這部書的目的，是要用一套拼音的方法，製作一套「字

4 May Holdsworth and Christopher Munn, *Dictionary of Hong Kong Biography*, Hong Kong: Hong Kong University Press, 2012, pp. 14-15.

譜」，幫助失學貧民識字。既要以音為據，用什麼音，便至為關鍵。譚榮光因而有這樣的說明：

> 吾粵方言向以西關音為標準，故是書亦以西關音為根據。[5]

譚榮光（1887－1956）原籍東莞，曾就讀皇仁書院和香港多家學校，其父譚醴泉也是中央書院畢業生。譚榮光曾在廣州和香港經營化妝品和西藥生意，又任洋行司理，並在多家律師樓擔任翻譯。[6] 他 1929 年被冼文彬律師延聘為助理時，報章繕稿謂他「不特中西文學兼優，而於法律學尤具特長」。[7] 譚氏毫無疑問是個「香港仔」，他那個年代，沒有「香港話」的概念；他編粵語字譜，以「西關音」為準繩。其《粵東拼音字譜》一書，據說在五十年代仍頗為暢銷，是外省人學習廣東方言之捷徑。[8]

---

5 譚榮光：《粵東拼音字譜》，香港：東雅印務有限公司，1934 年，第 12 頁。

6 黃振威：《番書與黃龍：香港皇仁書院華人精英與近代中國》，香港：中華書局，2019 年，第 121－127 頁。

7 〈譚榮光復入法律界〉，《工商日報》，1929 年 6 月 13 日。

8 〈耀山免費學校請譚榮光演講〉，《華僑日報》，1952 年 3 月 19 日。

1938年左右，畢業並任教於廣州嶺南大學的黃錫凌，寫就了《粵音韻彙》一書，屬較早用國際語音符號來記音的著作。他說：

> 粵語所佔的領域那麼大，方言土語難以數計，但大家說起話來，總是以廣州話做模仿的標準，廣州語音當然就是粵語的標準音了。香港所說的粵語和廣州沒有分別，西江上游自梧州以迄南寧也沒有什麼不同。[9]

黃錫凌沒有特別提及「西關話」或「西關音」。一般認為，「西關話」的其中一個特色是，當元音[i]跟着輔音[s]發音時（如「絲」、「四」、「死」等字），會讀成「sẓ」。但黃錫凌指出，實際上，廣州市民很少讀成「sẓ」，又謂「據說這音通行於省城的西關區，那也不見得。除了少數的小姐們有意無意的裝腔之外，是不常聽到的。說這個音的，每每弄出笑話！」[10]

---

9 黃錫凌：《粵音韻彙》（重排本），香港：中華書局，1941年出版，1996年重印，第54頁。書末附有作者1938年為此書撰寫的英文導論，並收入容肇祖1940年寫的序。

10 黃錫凌：《粵音韻彙》（重排本），第66頁。

似乎，從二十世紀四十年代開始，「廣州話」已等同「標準粵語」，且再不強調「西關話」或「西關音」了。1947 年，趙元任在其編撰的 *Cantonese Primer*（《粵語讀本》，序於 1945）中說：

> Since however the dialect of Canton City has considerable cultural prestige and is regarded more or less as the standard form of Cantonese, it is the usual form of Cantonese foreigners or Chinese from other provinces would expect to learn. It may be noted that, while the form of Cantonese changes more and more as one travels south from Canton down the Canton-Kowloon Railway, the dialect in Kowloon and Hongkong is nearer to that of the metropolitan Canton than to those of the neighboring districts.[11]

趙元任這短短的一段話，非常有意思。首先，由

---

11 Yuen Ren Chao, *Cantonese Primer*, New York: Greenwood Press, Publishers, 1969 (1947 by the Harvard-Yenching Institute), p. 6.

於省城粵語（dialect of Canton City）具有文化身份的意涵（cultural prestige），多少被看成是標準粵語。其次，他用了廣九鐵路這個交通工具來提醒讀者地理距離與語言異同不一定成「正比」的有趣現象——從廣州出發，沿廣九鐵路南下，愈往南走，各地所説的粵語與省城粵語便愈來愈有差異，但是，到了九龍和港島，那裏所説的粵語又更接近省城，多於與其鄰近地區相近。這就是本文一開始説把廣州和香港的粵語同樣劃歸為「廣府片」，實未足以説明兩地的粵語實則同聲同氣的意思。[12]

趙元任也有提到「西關」的意義。他説，「在廣州城西稱為西關的地方，居住了不少世家，當地的

---

12 時至二十世紀八九十年代，語言學家詹伯慧率領的團隊做珠江三角洲方言調查時，仍然指出，「歷來人們都認為珠江三角洲一帶的粵語就是粵語的『正宗』，而廣州的粵語，尤其具有很高的權威性，廣州話的語音，更被看作是粵語的標準音。……近來有的學者認為鑑於香港地位的重要，宜乎把香港粵語和廣州粵語都看作是粵方言的代表點，這或許就可以用『廣州－香港話』來作為粵語的代表。實際上香港和廣州在語音上是基本一致的，只不過在詞匯方面各有特色，顯示出相當程度的差異罷了。」（見詹伯慧、張日昇主編：《珠江三角洲方言調查報告之三：珠江三角洲方言綜述》，廣州：廣東人民出版社，1990年，第5頁）在他們的調查報告中，廣州（市區）和香港（市區）作為一組處理，聲韻調大體一致，香港（新界錦田）另作一列（見詹伯慧、張日昇主編：《珠江三角洲方言調查報告之一：珠江三角洲方言字音對照》，香港：新世紀出版社，1987年，第8－9頁）。

發音表示了某種身份地位」（In the western section of Canton City known as Saikwaan, where there are many old families and where the pronunciation has a certain prestige...），某些字音的韻母（*tzi, tsi, si*）根據西關音念出來，會發成「滋滋」聲（原文是 "a buzzing quality"，讀者不妨用普通話唸「滋」字，便明白什麼意思）。[13] 趙元任認為這種發音方式只是某些編者為了標榜與眾不同而提倡的，實際上是不可取的，看法與黃錫凌不無二致。他強調其標音的準繩，乃以「都會的」的粵語為根據（in accordance with the metropolitan dialect）。誠然，語言或口音經久有所變化，是自然不過的事，講話也有潮流。如果我們今天還一副西關大少的模樣，不時突出舌齒音，恐怕會被人嘲笑裝模作樣或「老套」。這種情形，差不多一個世紀前就已經被黃錫凌和趙元任指出了。

然而，黃趙二氏在論及西關話時，側重的是粵語的音素（元音、輔音）問題，而譚榮光寫《粵東拼音字譜》一書，強調的是聲調的問題——這在黃和趙的論著當然也有詳細討論——因此他用的詞語是「西關音」，而不是「西關話」。這很可能是因為，譚

13 Yuen Ren Chao, *Cantonese Primer*, p. 18.

榮光是懂得音律甚至是懂得唱粵曲的。譚氏除了寫就《粵東拼音字譜》外，還出版過《粵東鑼鼓樂譜》一書，在1921年的自序中提到「去夏訪古穗城」，「因得購所謂古琴譜」，又曾於廣州楞嚴佛學社從沈允升學習修懺焰口等梵音喃唱。[14] 因此，儘管譚榮光不是語言學家，但他對音律特別敏感，在《粵東拼音字譜》一書中提醒了讀者「西關音」的「音」（聲調）的重要性。

綜合以上，如果我們如譚榮光般，把重點放在九聲六調的調值；如果我們細心思考趙元任「廣九鐵路」的這個觀察；如果我們考慮到趙氏講到西關話代表某種「派頭」的現象，同時考慮到黃氏說到西關小姐有意無意的「裝腔」，我們便會明白，「西關音」不止是一種口音，它是來自四面八方同稱為「粵人」的社群的通行語音。就歌曲音樂而言，西關音是廣東多種歌謠和曲藝包括南音、木魚、板眼、龍舟和粵謳的旋律憑據；它是廣東大戲從用官話轉為用白話

14 見譚榮光：《粵東鑼鼓樂譜》，1921年自序第1頁，出版地不詳，收入在中研院歷史語言研究所俗文學叢刊編輯小組編輯：《俗文學叢刊》033（戲劇總類），台北：中研院歷史語言研究所、新文豐出版股份有限公司，2001年；黃振威：《番書與黃龍：香港皇仁書院華人精英與近代中國》，第125頁。

演唱和說白從而形成「粵」劇的根本要素；它是灌注了現代氣息的香港粵語流行曲的主心骨，決定了如何譜曲填詞；它是廣東音樂近人聲的首要參數。我們更不要忘記，它長年以來是海內外粵人中文教育的教學語言。我們也很難想像，「港產片」如果不是「（標準）粵語片」，還能否算「港產片」。可以說，清代被標識出來的「西關音」，是趙元任所說的省港兩地共享的「都市之聲」，是孕育二十世紀的現代性的前現代土壤 —— 儘管「西關話」的某些發音習慣必須甩掉，才能表現出更鮮明的「都市性」。

本書因此只講四個城市 —— 廣州城、香港地、上海灘、澳門街 —— 從十八世紀講起，大概至二十世紀中結束。筆者沒有資格對語言學置喙，但本書會不時提到以西關音為標準的粵語的運用。這樣的論述絕無貶低「鄉音」之意，也不是要忽略鄉村社會，只是想強調這四個城市曾幾何時形成的關係與互動，如何通過舊與新的媒體（人、唱片、廣播、有聲電影），共享同一個聲音世界，而這個聲音世界，因為種種原因發生了一些結構性的變化，正在被淡忘，逐漸走向消逝。

為了讓你在閱讀此書時記住那正在消逝的聲音，請用你認定的「香港話」或「廣州話」大聲唸出以下九個字：

三　碗　半　牛　腩　麵　一　百　碟

其實，這九個字按西關音唸，是剛好與中國傳統的五聲音階相符的（宮、商、角、徵、羽，大致相當於西洋音樂簡譜的1、2、3、5、6）。譚榮光說，「調聲之法，必須先學音律。蓋凡天籟，無論山川河嶽雨電風雷動植等物之聲，無有出乎其外者。故以音律比人聲，無不賅備矣」。[15] 這九個字，按你認定的「香港話」或「廣州話」的讀法，可標音符如下：

	三	碗	半	牛	腩	麵	一	百	碟
聲調	上平	上上	上去	下平	下上	下去	上入	中入	下入
工尺譜	工	尺	上	合	^{士}上	士	尺	上	士
簡譜	3	2	1	$\underset{\cdot}{5}$	$^{6}1$	$\underset{\cdot}{6}$	2	1	$\underset{\cdot}{6}$

如果你還懂其他家鄉話，諸如新會、東莞、香山、順德，等等等等，不妨把這九個字用鄉音再讀一次，你會發現，上表的聲調、工尺譜和簡譜，因此是

15　譚榮光：《粵東拼音字譜》，第32頁。

要改寫的。

歷史是有聲音的，大多時候是平常不過的對話，也經常有繁雜吵耳的噪音，幸而亦有娓娓動聽的歌聲。希望讀者（「讀」者！）能在本書的字裏行間，聽到（「聽」到！）那正在消逝的聲音。[16]

請再唸一遍：

三 碗 半 牛 腩 麵 一 百 碟

---

16 本書雖口口聲聲呼籲讀者應用心「聆聽」那正在消逝的聲音，但因版權問題複雜，難以提供音頻樣本。其實，目下網上資源（二十世紀初以來的廣東民間歌謠、粵曲、二十世紀七十年代以來的粵語流行曲、二十世紀三十年代至今的粵語電影）非常豐富，讀者不妨自行按年代選取聆聽，作為閱讀本書的輔助材料。請務必找回最貼近這些歌樂所屬的時代的錄音聆聽，後來翻唱的、重奏的、重新配器編曲的，都只能作比較或欣賞用途，而不是有助我們認識過去的素材，並非那逝去的聲音。

第一章

廣州城

講那麼多「西關話」、「西關音」，到底西關在哪裏？

其實，「西關音」跟「廣州人」一樣，是個充滿悖論的概念。「西關音」雖被認定為省城白話的標準音，但「西關」不在「省城」之內，就好比許多清代以來的「廣州人」家庭一樣，移居到廣州不過三四代左右，談不上「世居省城」。這樣的邏輯，也可應用到日後思考「香港話」（或「香港粵語」）和「香港人」的概念，在此暫且不表。我們在了解「西關」之前，得先明白何謂「省城」。

城牆內外，半塘成陸

所謂廣州「省城」，指的是明清帝國時期廣東全省的政治行政中心。由於圍繞着官衙而建並發揮着防

圖 1.1　二十世紀初的廣州城。從這張 1907 年德國人繪畫的《廣東省城內外全圖》可見，在城外的西關地區，是時已發展得非常密集，河南（島，即今海珠區）雖也有些街巷，但於省城來説，只算附屬部分。

衛作用的是四壁城牆，這樣的建置景觀順理成章地稱為「省城」。「城」在這裏應形象地理解為城牆及其所包圍的行政中心，而不是具備近現代意涵的「城市」。由此定義出發，廣州建城，從史籍文獻和考古材料推敲，最早可追溯到二千多年前秦漢時期任囂、趙佗修建增築的城池，其後歷朝屢有擴充。由於今中山五路的高地自宋代以來便傳說是禺山，又認為番禺城是擇高地而建的，因而該處被視為地望所在，歷代建城，大體皆以該地為中心。隨後重心稍向西移，至明初擴築北城至越秀山，建五層樓，從此由北而南形成的中軸線，愈趨明顯。二十世紀落成的公共建築，包括民國時期建成的越秀公園、中山紀念堂、市政府大樓、中央公園，分別在五十年代和八十年代興建的廣東省人民政府大院和廣州市人大常委大樓，都落在這一中軸線上。換句話說，兩千年來廣州城的中軸線基本維持不變，這在中國甚至世界的城市當中，份屬罕見。

明清時期築建的城牆範圍，基本上定義了此後人們心目中「省城」的邊界。明代北城在明初洪武十三年（1380）擴建，北面城牆以五層樓為制高點，南至歸德門、正南門，即今天的大南路、文明路所在，是為老城。至嘉靖四十四年（1565），在北城的南界再向南擴展，建築新城，將城外的繁華商業區包圍起來，新城南面的城門，大概位於今天的一德路至萬福路上。至清代，城池的東西南北四隅已無擴充餘地，只能利用城南珠江北岸的灘地，順治初年在新城以南兩側加建城牆為護，是為翼城。[1] 套用今天的道路系統來理解，明清城池的範圍，就是北至越秀山，東至東濠涌高架，西至人民路，南臨珠江。在1949年前成長的本地人，當不假思索地用到「廣州」一詞的時候，往往是指舊「省城」連同西關這個範圍。換句話說，城外和河南的地方，不被認為是「廣州城」。當人們這樣界定「省城」或廣州的時候，實際上表達的是對這片地帶作為行政中心、遍佈機關衙門及其所代表的政治秩序的認知。清代至民國年間，人們從香港到廣州辦事，往往會說是「上省」或「晉省」，帶有方位和階序的意味。

---

1 有關廣東省城歷代建置，參見曾昭璇：《廣州歷史地理》，廣州：廣東人民出版社，1991年，下篇第3章〈明、清時期廣州城歷史地理〉。

然而，「省城」的意義又溢出其政治行政意涵。「省城」二字散發的是一種都會氣息，城外包括河南地區（今海珠區）至今仍存在着許多鄉村與聚落，宗祠廟宇滿佈，自有其一番天地，這從近年端午時節廣州周圍的鄉村積極組織划龍船「拜親戚」所展現的舊日鄉村聯盟的凝聚力，可見一斑。不過，在城市人的心目中，這些地方始終不如省城。直到 2000 年前後，廣州人仍然有「寧要河北一張床，不要河南一間房」的說法。然而，城牆內既是官府衙門的根據地，只容許少數攤肆，並不歡迎大規模的商業發展，那麼省城的「都會氣息」何來呢？廣州城的範圍其實很小，城北為越秀山，城南臨珠江，城東為旱地，多闢作教場，東、南、北三邊的發展，都有所局限，唯一發展的領域，只有西邊城牆以外的灘塗，這便是「西關」的緣起。

「西關」，大體是指省城城牆外以西，北至第一津，南至沙面，西往泮塘方向逐步擴展的一個區域。西關成陸是長年以來河灘自然沖積和人工堆填的結果，經歷了一個由北而南，自東向西延伸的過程。已故的地理學家曾昭璇有關西關地區珠江河岸線的演變的研究，提醒我們不能把西關地區蓬勃發展的歷史推至太早。[2] 這個過程跟 1757 年清政府限定西洋貿易在廣州一口，外商不能入城，商館（時人稱「夷館」）只能設在城牆以西有關。從早期的外銷畫或牆紙看，十八世紀中左右的「西關」，還是陸海難分。至十九世紀，西關地區因洋行生意蓬勃變得十分繁華，這在外銷畫、地方志和外國人的遊記都有所反映。

要了解帝國時期的廣州城暨西關，並不如今天會有一部「廣州市志」或「西關志」（按今天的行政劃分便是「荔灣區志」）。在 1918 年之前，廣州城由南海、番禺兩縣分治，縣城和府城，同時設在省城之中；而兩縣分治之地，均由督捕廳直接管轄，故兩縣縣誌均稱這些地方為「捕屬」，以與省城的核心地帶有所區別。西關地屬南海縣，亦屬「捕屬」，由捕房而非巡檢司管治。因此，要研究二十世紀以前的西關，該讀的是歷次編修的《南海縣誌》，尤其是道光、同治和宣統年間編纂的三部，絕非官樣文章，字

2　見曾昭璇：《廣州歷史地理》，下篇第 3 章第 2 節第 2 部分〈西關平原的開發〉。

裏行間透露出不少有意義的信息。[3]

跟珠江三角洲的整體地貌一致，西關本為一處與河涌及大海相連的水面與灘塗。清初屈大均《廣東新語》謂：「廣州郊西，自浮丘以至西場，自龍津橋以至蜆涌，周迴廿餘里，多是池塘，故其地名曰半塘。」[4] 直到現在，「半塘」（泮塘）仍然是西關一個地名（更準確的說法應是「水名」），所謂「泮塘五秀」，是指該處池塘種植的五種水生植物，即蓮藕、馬蹄、菱角、茭筍、茨菇。「半塘」二字，也是對西關地勢一個十分貼切的形容。據曾昭璇研究，西關平原處於河灣沖積之地，隨着沙泥淤積日多，長年以來，平地不斷向西向南推進；荔灣及泮塘地區大片禾田、池塘、河涌，都是在十九世紀末至二十世紀才填為陸地的。這塊通過佔積珠江河灘而成的新立坦地，因此地勢較低，每逢大雨即淹水，珠江潮漲便淹入內

---

3 有關「捕屬」的性質與基層管治的關係，應參考梁敏玲：〈「捕屬」與晚清廣州的城市社會〉，《中國歷史地理論叢》，第35卷第4輯，2020年10月，第97－107頁。

4 屈大均：《廣東新語》卷27〈草語．蓮菱〉，北京：中華書局，1985年，第704頁。

街。我們必須記住，珠江是海，過去人們坐船過珠江來往省城南北兩岸稱為「過海」。海是有潮汐的，以前朗朗上口的兒歌「落大雨，水浸街」，街道之所以被浸，不僅僅是因為下大雨，還由於潮漲所致。

從以上的地理知識出發，我們會明白為何早期建立的寺觀，都集中在第八甫以北地勢較高或過去的海岸線附近又稱為「上西關」的地方。在清順治十二年（1655）落成的華林寺，據說是南北朝時期（526年）達摩從西竺國泛海至粵城西南登岸所在，故名「西來初地」，相當於唐代以前的海岸線的標記。[5] 位於華林寺附近的長壽庵，明萬曆三十四年（1606）建，[6] 在舊順母橋故址，可見本亦屬津澤之地。據說始建於宋朝的西禪寺（明代一度改為方獻夫祠，清初復建），位於龜峰（崗），[7] 顧名思義是隆起之地，道光《南海縣

5　黃佛頤編纂：《廣州城坊志》，廣州：廣東人民出版社，1994年，第572頁；同治《續修南海縣誌》（同治壬申[1872]鋟版），卷12頁37。達摩登岸時間一說是蕭梁大通元年（527），見《華林寺開山碑記》（康熙二十[1681]年），收入宣統《南海縣誌》，卷13頁11－12。

6　黃佛頤編纂：《廣州城坊志》，第561頁。

7　黃佛頤編纂：《廣州城坊志》，第550頁。

誌》附省城地圖也以山形標之。明清不斷改建，至道光《南海縣誌》標記為「浮丘寺」的所在，相傳為「浮丘丈人得道之地」的浮丘山，萬曆《南海縣誌》談到此處的地理狀況時謂：「昔在水中，今去海已四里，惟餘山頂高僅數尺」。[8] 據説創建於宋皇祐四年（1052）、重修於明天啟二年（1622）的仁威廟，位於泮塘地區，但乾隆五十年（1785）重建時有碑曰：「泮塘地附郭，多陂塘，有魚稻荷芰之利，無沮洳墊隘之苦」[9]，可見至乾隆年間此地仍多是陂塘。

上西關尤其是荔枝灣和泮塘一帶半水半陸的沼澤地貌，亦方便建置園林景致。萬曆《南海縣誌》説荔枝灣位於「城西七里。古圖經云：廣袤三十餘里，南漢創昌華苑於其上，今皆民居，莫詳其處」。[10] 泮塘據説曾有一華林園，宋末猶存。[11] 近代西關地區最著名的園林是位於泮塘的海山仙館，是以務鹽致富、曾獨力出資重建貢院考棚的商人潘仕成的產業。宣統

---

8 萬曆《南海縣誌》，卷 2〈輿地志二〉。

9 同治《續修南海縣誌》，卷 12 頁 12。

10 萬曆《南海縣誌》，卷 2〈輿地志二〉。

11 黃佛頤編纂：《廣州城坊志》，第 642 頁。

《南海縣誌》說：「潘德輿，仕成，以鹺起家致巨富，有別業在泮塘曰海山仙館……當代名流翰墨，貴交往來，手牘如遊，碑林目不暇給，四面池塘，芰荷紛敷，林木交錯。」後來，海山仙館因潘仕成鹽務大不如前，用售賣抽獎券的方式變賣。宣統《南海縣誌》續說：

> 咸同以後，鹺務凋敝，主人籍沒，園館入官議價六千餘金，期年無人承領，乃為之估票開投，每票一張，收洋銀叁員，共票二千餘，湊銀七千員，歸官抵餉，官督開票，抽獲頭票者，以園館歸之。時有好事者，將「海山仙館」四字，拆分為六字，曰：「每人出，三官食」，隱與此事符合，然則命名之初，早已成讖，豈所謂事皆前定耶？[12]

今天，這些園林皆煙飛跡滅。1958 年，廣州市

12　宣統《南海縣誌》，卷 26 頁 54。

政府在這一帶動工興建荔灣湖公園，挖出數個人工湖，一方面解決西關地區的水患，另一方面為市民提供公共休憩的場所，這部分的西關仍保存其「半塘」的特色，自有其地理和歷史的原因。可人們遊覽荔灣湖公園時，又有誰知道潘仕成是何許人呢？

中外之貨，坋集天下

如果說上西關多寺觀園林，那麼下西關就是繁華地、銷金窩了，這主要是拜乾隆二十二年（1757）的諭令所賜。乾隆皇帝為了鞏固海防，控制西洋商人在中國的貿易活動，乃「遍諭番商，嗣後口岸定於廣東，不得再赴浙省。此於粵民生計，並贛韶等關，均有裨益，而浙省海防，亦得肅清」。[13] 人們常說清朝「閉關自守」，但我們必須留意，此諭令針對的是西洋貿易，並無真正閉關，而是留了一口——一個龐大的粵海關系統——收稅，皇帝也知道這樣的安

13 《高宗純皇帝實錄》卷之 550 頁 25（乾隆二十二年十一月上），北京：中華書局，1986 年。

排對於廣東人民的生計有利，朝廷和官員實際上也從中得益。由於「番商」不許入城，每逢貿易季度，只能停駐在城外西關地區，冬季便要移居澳門。下西關自十八世紀中甚至更早開始，向北的部分便成為了許多廣貨的加工生產之地，往南的部分則成為商館區；外商在靖遠街（Old China Street）和同文街（New China Street）選購批發貨品（批發市場時稱「欄」，今天香港的「菓欄」便是沿襲這種叫法）、日常生活用品，以及兑換銀錢；在珠江岸邊租用洋行商人如伍浩官及潘啟官的產業或土地自建洋房，作為駐留之所，[14]

由是下西關大為改觀。乾隆五十八年（1793），江蘇蘇州人沈復到廣州作嶺南遊，與友人「集資作本」，其妻「芸亦自辦繡貨及嶺南所無之蘇酒、醉蟹等物」，夫婦倆到廣東省城做點買賣，寓靖海門內，看到「十三行在幽蘭門（疑為省城南面城牆「油欄

---

14 梁嘉彬：《廣東十三行考》，廣州：廣東人民出版社，1999 年，第 3 篇第 3 節〈十三行與十三夷館〉。

門」的雅稱）之西，結構與洋畫同」。[15] 嘉慶十六年（1811），香山詩人李遐齡（1766－1823）寓居西關杉木欄水閣，寫下柳枝詞曰：「十三行外綠模糊，柳影波光十里鋪，紫玉紅牙青雀舫，看春一路入仙湖」。[16] 順德進士溫汝適在嘉慶二十四年（1819）寫《珠江水調》十八首，也有「聞説西洋宅，玲瓏百寶裝，今朝風口好，同上十三行」等句。[17] 此段時期下西關商館區一派繁華的景象，最直觀莫過於欣賞當時本地的中國畫師為外國客人繪畫作品——今天一般稱為「外銷畫」——的油畫。

西關是十八至十九世紀廣東口岸的一個有機組成部分，可説是當時世界上最繁盛的地帶之一，但在同時期的中國官修文獻中，這樣的情況要麼秘而不宣，要麼就是無法用傳統的類目和語言來描述。道光《南海縣誌》記捕屬新城外一系列新增的墟市，諸如「長

---

15 沈復著、俞平伯校點：《浮生六記》，北京：人民文學出版社，1980 年，第 48、51 頁，其寓粵年份乃據俞平伯考，見同書第 76 頁。

16 李遐齡：《勺園詩鈔》續鈔，嘉慶二十三年（1818）刻本，卷 4 頁 5－8。

17 溫汝適：《印可齋詩鈔》，嘉慶二十四年（1819）刻本，卷上頁 8。

壽庵市」、「清平集市」、「十七甫市」，實際上都是西關因中外貿易而急速擴張的結果，但在舊有的思維框架下，在方志裏只能説成是「墟市」。更有意思的是，該誌所附的「縣治附省全圖」（圖 1.2），以今天的標準只能算是一幅示意圖，甚至有點卡通畫的味道，但其標記的街巷名卻比後來的《南海縣誌》的地圖密集得多。圖中所見，第四、五甫附近的「機房」，是生產外銷絲織品的工場所在，附近有絲織行會「錦綸會館」，而南岸十三行和新街下方有幾個很特別的圖示，分明就是標記樓高兩層的「夷館」和洋人當時在沿岸所建卻為官員不悦的柵欄。這些柵欄是碼頭的附屬建築，在當時以商館為題的油畫和水彩畫中十分常見。不過，道光十一年（1831），廣東巡撫朱桂楨到洋行參觀自鳴鐘，看見洋行前的「鬼子碼頭」及其附屬建築，勃然大怒，勒令洋商伍崇曜督工將之拆毀。[18] 道光《南海縣誌》成書於 1835 年，編纂似乎未夠敏感，還在地圖上畫上這個讓官員大怒的柵欄，也許當時的本地官員和士大夫，還未感受到山雨

---

18 黃佛頤編纂：《廣州城坊志》，第 618 頁。

欲來風滿樓，更沒想到在接下來的一二十年，廣東會經歷兩次鴉片戰爭，一遭紅兵之亂！

最終為十三行的歷史畫上句號的，是第二次鴉片戰爭。咸豐六年（1856），十三行再度遭祝融之禍，下西關沿江邊一帶進行了大規模的重建。同治《南海縣誌》（1869 年）便記載了兩次鴉片戰爭後的情況，這片從南海縣的視角出發的地帶，仍稱為「捕屬」，納入「墟市」，在縣誌中附了一段詳細的註腳曰：

> 捕屬：十三行互市，天下大利也，而全粵賴之，中外之貨，坋集天下，四大鎮殆未如也。蠻樓轟起干雲，油窗粉壁，青鎖碧欄，競街兼巷……乾嘉之間，其極盛者乎！乃咸豐丙辰，天奪其魄，盡毀於火，後移市河南鼇洲等處，營繕草創，瑰麗巍峨，迥不逮昔，蓋各商樂居香港，獨司事留耳。迨己未又言定移市中流沙，殆即拾翠洲，俗稱沙面……乃欲如精衛填海，白鵝前導，香象未焚，沿岸各炮臺餘址，甃石尚多，盡徙而投之江，無過問

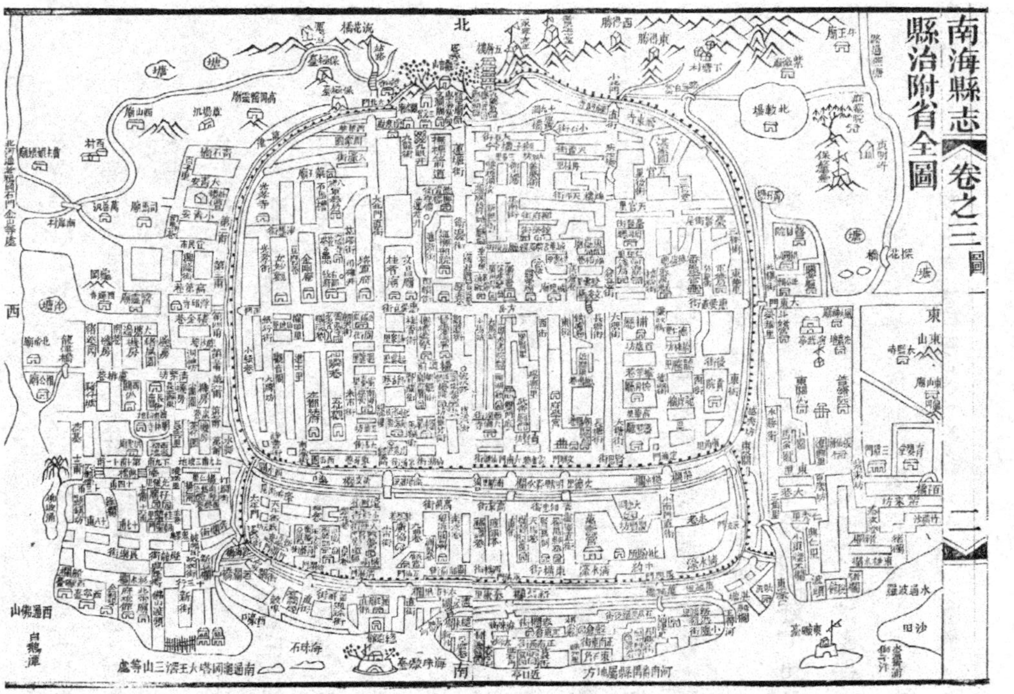

圖 1.2　道光年間的廣州城，可見西關地帶已非常繁榮，注意西關近岸邊的兩間西式房子和欄杆圖案，實為當時外國人在此建立的商館（factories）。剪裁自道光《南海縣誌》，道光五年（1835），同治八年重刊。

> 者。復量沙畚土以實之，珠湄歌舫，遷泊穀埠，謂將恢宏圖而復理故業也，費至二十餘萬，均由都門犒賞撥扣。昔之珠簾繡柱，煙波畫船，玉簫金管，頓作衰草黃沙……又自北岸開沖起煤炭廠，迄油步頭，各修石磡，竝于石磡上築直路至聯興街連接填平，俗稱鬼基，乃八九年中始新建，樓觀六七座，屹然如窣，堵波湧現樓臺於佛界，頗極莊嚴……乃至聚優伶、誘博簺，黔驢之技，殆可知已。[19]

鴉片戰爭和由此引發的廣州入城問題讓人猶有餘悸，以上論述小心翼翼，並非無因，但其傳達的信息有幾處值得我們注意。首先，香港在這裏被提到了，而且是一個「各商樂居」的地方；其次是沙面的建置問題，第二次鴉片戰爭簽訂《天津條約》後，租界制度推廣，英國要求在沙面恢復十三行被燒的洋館，1859 年 7 月經兩廣總督同意在西關南面沙坦填築沙

19 同治《續修南海縣誌》，卷 5 頁 18－19。

面島；1861 年 9 月簽訂《沙面租界條約》，正式成為英法租界。[20] 其三是西關聯興街附近築了直路與石磡連接填平，從後來的資料可以看到，原來十三行外的渡頭、埠頭和稅館所在，至二十世紀初隨着已向外延展成一條條的直街，景觀平整，連接碼頭，進入火輪船時代。[21] 1865 年成立的省港澳輪船公司經營的航行至廣州的輪船，便是在這裏泊岸的。

中國讀書人總是對所謂的奢華之風加上幾分貶抑，同治《續修南海縣誌》跟道光版一樣，並沒有仔細描寫西關商鋪的細節。英國聖公會香港會吏長、曾任英國駐廣州領事館牧師（Consular Chaplain）的 John Henry Gray（1823－1890），1875 年在香港出版了 *Walks in the City of Canton*（《行走省城》）一書，則對廣州省城各區的街巷作了非常具體的描述，更詳

---

20 湯國華：《廣州沙面近代建築群：藝術、技術、保護》，廣州：華南理工大學出版社，2004 年，第 1 頁。

21 《粵東省城圖》，羊城澄天閣點石書局印，1900 年，收入中國第一歷史檔案局等編：《廣州歷史地圖精粹》，北京：中國大百科全書出版社，2003 年，第 81 頁。

細地記錄了西關的商號和售賣貨品的種類。[22] Gray 描述的西關街坊巷里許多貨品或商號，有不少明顯是「十三行市舶之利」的延續。這裏除了有着滿足本地人日常需要和商人的奢侈消費如燕窩等物品外，更有來自海南及馬六甲的檳榔及椰子，還有英國及其殖民地的貨品，包括英國的五金器具、曼徹斯特的貨品（估計是工業紡織品）、孟買的棉布，以及相信是來自印度的鴉片。他提到這裏的玉石匠打造的玻璃手鈪是一種仿冒玉鈪，買家包括巴斯人（Parsee）和信奉伊斯蘭教的商人（Mohammedan），他們把這些廣州製造的產品，分別轉到孟買和加爾各答發售給印度女顧客。其他貨品還包括茶葉、瓷器、玻璃畫、扇畫、蓪畫、珍珠貝母裝飾，主要以洋人為對象。此外，「永盛繡巾鋪」注明「番名義興 Ehing」，「義經繡巾鋪」的英文名字則注明是「Eking」。這類英文商號，都是鴉片戰爭前售賣外銷貨品的廣州商店習慣使用的。由此可見，儘管鴉片戰爭後廣東十三行頓然衰

---

22 John Henry Gray, *Walks in the City of Canton*, Hong Kong: De Souza & Co., 1875.

落，但中外貿易所奠定的商業基礎，在同治以至民國年間仍一定程度上延續着。我們會在下文看到，這樣的格局，逐漸移植到香港，但也有些工藝或貨品不能簡單移植，香港仍需由省城這邊的商肆提供。

闤市中的「社會」

西關既坋集中外之貨，批發零售俱全，各色商人滙聚，自然也是聲色娛樂之所。廣州平康之地集中於沙面（指省城珠江北岸附近的沙洲，而不是特指後來成為英法租界的「沙面」），早在乾隆年間沈復《浮生六記》便有提及。[23] 咸豐年間（1858）避亂佛山的倪鴻記曰：「廣州妓館，以珠江為優；珠江數處，以沙面為最。沙面在城西南江中起一沙州，妓女以板築屋，其名曰寮。咸豐丙辰（1856）六月忽遭回祿，焚燒殆盡，南海令華樵雲（廷傑）禁止不許重建。」[24] 這場大火，使個多世紀以來江邊外國商館林立的景象

23 沈復著、俞平伯校點：《浮生六記》，第 48 頁。

24 倪鴻：《桐蔭清話》，卷 3 頁 1（版本不詳，約刻於咸豐年間）。

從此一去不復返，加上英法租界的建立，原來位於該處河面的歌舞平康之所亦向東移往穀埠。隨着長堤的修築，沙面以北的陳塘以及附近的水面，到民國初年亦成煙花之地。[25] 1919年出版的《廣州指南》曰：「准設妓宴之酒樓有兩處，一在東堤，一在西關陳塘」；「水面妓艇有三處，一在東堤沙面，一在米埠與沙面間之河面，俗名鬼棚尾」。[26] 這種局面一直維持到二十世紀五十年代。

時至清末，另一種在西關呼之欲出的新式娛樂場所是戲院。光緒年間，有商人思量在廣州城外擇地興建戲院。[27] 光緒三年（1877），位於沙面租界的美國旗昌洋行向南海縣丞提出在十三行新填地開設戲館的建議，但不獲官府允許，最後不了了之。當時的南海縣

---

25 關於晚清長堤修築的情況，參見黃素娟：〈城市建設與土地產權——以清末廣州興建長堤為例〉，載程美寶、黃素娟主編：《省港澳大眾文化與都市變遷》，北京：社會科學文獻出版社，2017年，第49－64頁。

26 慈航氏編輯：《廣州指南》，卷4，新華書局，1919年。

27 詳見拙文〈清末粵商所建戲園與戲院管窺〉，《史學月刊》，2008年第6期，第101－112頁。

丞認為，上海香港容許設戲館，[28] 是因為那裏「地已歸外國」，與廣州不能同日而語，且該新填地毗鄰西關，而西關又「閒人爛匪最多」，即使有領票驗票制度，秩序亦難控制。[29] 十年之後，約 1889－1890 年左右，某商人向官府申請批准其在城外西南兩關偏遠處所購買地段建設戲院，得到的答覆是「多寶橋外河邊地段，東西水繞，南北津道，一帶偏隅，四圍闊遼，餘地尤多。就此建設，無居民比櫛、行人擁塞之礙」。[30] 多寶橋位於西關，該商人乃分別在西關和南關建立戲園，每園每年報效海防經費銀一萬二千

---

28 關於香港早年戲園的建設，見吳雪君：〈香港粵劇戲園發展〉，載容世誠主編：《戲園．紅船．影畫：源氏珍藏「太平戲院文物」研究》，香港：香港文化博物館，2015 年，第 98－117 頁。

29 杜鳳治：《南武日記》，第三十七本，光緒三年十月廿四日條收入在廣東省立中山圖書館、中山大學圖書館編:《清代稿鈔本》，廣州：廣東人民出版社，2007 年，第 1 輯，第 18 冊，第 557 頁。有關杜鳳治生平及其日記的情況，見邱捷：《晚清官場鏡像：杜鳳治日記研究》，北京：社會科學文獻出版社，2021 年。

30 張光裕：《小谷山房雜記》，卷一〈稟牘〉，此書筆者至今未見，引文轉引自王利器輯錄：《元明清三代禁毀小說戲曲史料》（增訂本），上海：上海古籍出版社，1981 年，第 202－204 頁。

元。[31] 由此，「戲班眷屬多住在黃沙、恩寧一帶」[32]，恩寧路是今天仍存的八和會館的所在，附近一帶一直到二十世紀八十年代仍然住有不少戲班中人，可見這種清末形成的格局的延續性。

同治光緒年間，西關的寶華路一帶已發展成密集的住宅區。至清末，泮塘、南岸附近一帶的沼澤地，此時愈來愈多被填為陸地，商人在此發展房地產，很快便有人購買或租住，並且沿用鄉村「約」的方式建立其街區組織。上海《申報》報道，至 1897 年，「西關新建房屋以逢源眾約為首屈一指，該街房屋無論大小一律整齊，大壯觀瞻」。[33] 宣統《南海縣誌》列舉的西關地區的街道便有 1,700 多條，門牌數 4,000 多個，可見人口之密集，又謂：「太平門外率稱西關，同光之間，紳富初闢新寶華坊等街，已極西關之西，其地距泮塘、南岸等鄉，尚隔數里。光緒中葉，紳富相率購地建屋，數十年來，甲第雲連，魚鱗櫛比，菱

---

31 〈粵東紀事〉，《申報》，1890 年 9 月 7 日。

32 〈南海新秋〉，《申報》，1896 年 9 月 9 日。

33 〈珠海近聞〉，《申報》，1897 年 1 月 24 日。

塘蓮渚，悉作民居，直與泮塘等處，壤地相接，僅隔一水，生齒日增，可謂盛已。」[34] 廣州籠統稱為西關大屋的各式民宅，就是在這個時候開始陸續發展起來的。二十世紀三十年代出生的老廣州，談起「貴族住的地方」，還有「河南岐興里，河北寶華坊」的記憶。[35]

西關這片繁華地、銷金窩，還是商人士紳匯聚以及清末社會組織孕育的地方。邱捷指出，廣州的城市佈局，一定程度上造成士紳勢力集中在西關，省城紳商的議事中心和共同辦事的公局，也設在西關的文瀾書院。[36] 晚清新政時期，自上而下的立憲運動和與之配合的地方諮議會選舉，促進了大批由商人贊助的社團在省城和珠三角較大的城鎮中出現。在廣州，不少這類社團的地址就位於西關。1910 年出版的《全粵社會實錄初編》，記錄了作者鄧雨生所知的當時廣東各種社團（時稱「社會」，取 societies 之義）的概

34 宣統《南海縣誌》，卷 4 頁 20。

35 筆者與孔憲珠先生閒談，2010 年 8 月 28 日，廣州。

36 邱捷：《晚清官場鏡像：杜鳳治日記研究》，第 399 頁。

況。據此，可知位於西關地區的社團包括：兩粵廣仁善堂（十九世紀八十年代建立，1895 年址設靖海門外迎祥街，另設醫局在長壽寺前）、方便醫院（1894 年建，西關第一津高崗）、崇正善堂（1896，初在西關第九甫，後遷十一甫）、省港善堂商會行商平糶公所（1907，西關十七甫愛育善堂內）、廣東戒煙總會（1907）和粵商自治會（1908），俱設在西關華林寺內，等等。省港善堂商會行商平糶公所臨時借用的愛育善堂的情況，進一步揭示了這些房產和資金的來源。宣統《南海縣誌》曰：「愛育善堂：在城西十七甫，同治十年（1871）邑中紳富鍾覲平、陳次壬等倡建，堂地為潘觀察仕成故宅。時仕成以鹽務案被封產業，鍾覲平等與鍾運司謙鈞商榷，備價三萬八千四百餘兩，承該屋業為建堂地。」[37] 商人的房產集中在西關，不論是自願捐獻也好，被官府購買或徵收也好，是晚清以舊面貌（善堂）建立的新團體（社會）比較容易覓址立足的地方。

當紳商與官府合作時，這些慈善團體可「助長行

37　宣統《南海縣誌》，卷 6 頁 10。

政」，「而其人民所懷抱之目的，與政府所懷抱之目的，習焉同化」。[38] 然而，當彼此的利益相左時，這些團體便有可能成為與官府抗衡的「社會」。1905 年拒美禁華工新約暨禁用美貨運動；1905 年至 1906 年的粵路風潮，廣東紳商與地方官員在收回鐵路後商辦抑或官辦的問題上發生分歧，由包括愛育在內的九大善堂和七十二行商會組織，集會和動員地點都主要在西關。[39] 在粵路風潮中跟兩廣總督岑春煊對着幹的紳士黎國廉被官府押捕之時，正在其西關興賢坊的寓所睡覺。[40] 粵路風潮中的積極份子在籌辦戒煙運動巡遊時，會所設在華林寺。[41] 宣統二年（1910）南海縣屬城治議事會董事會成立，也是假華林寺為會所。[42] 這

---

38 馮翼年：〈全粵社會實錄序〉，載鄧雨生編輯：《全粵社會實錄初編》，廣州宣統二年（1910）版。

39 見陳玉環：〈論 1905 至 1906 年的粵路風潮〉，載廣州市文化局、廣州市文博會編：《羊城文物博物研究 —— 廣州文博工作四十年文選（一）》，廣州：廣東人民出版社，1993 年；另見 1905 年 6 月 18 日《申報》報道。

40 見《申報》1905 年 12 月 14 日有關報道。

41 見《廣東七十二行商報二十五周年紀念》，廣州，出版年不詳，約 1920 年代末，廣東省立中山圖書館藏。

42 宣統《南海縣誌》卷 2 頁 78。

一系列由集中在西關地區的紳商機構發動的事件和積極的參政活動，是辛亥革命前夕廣州以城市為中心的社會力量集中爆發的表現。[43]

「廣州人」的「故鄉音」

正是這種富裕的商業基礎，孕育了「西關大少」和「西關小姐」，以講「西關話」為標榜。本書「開言」篇提到了趙元任等語言學家，注意到西關口音代表了住在西關地區的世家的口音，但這些「世家」，與西關的發展一樣，在廣州落地生根的時間早不過清代乾隆年間，也就是十八世紀，與珠江三角洲鄉村社會許多可以上溯至明代的大族大不相同。在這個意義上，傳統省城與現代都市情況相若，皆為政治、經濟和文化資源的中心，吸引了來自四面八方的人口，是活脱脱一個移民社會。當時「外來人口」的來源至少有好

43 關於晚清廣州的社會動員與辛亥革命的研究，可參見 Edward Rhoads, *China's Republican Revolution: The Case of Kwangtung, 1895 - 1913*, Cambridge, Mass., and London: Harvard University Press, 1975 和 Michael Tsin, *Nation, Governance, and Modernity in China: Canton, 1900-1927*, Stanford: Stanford University Press, 1999.

幾個。首先，清代任命總督、巡撫等員，採取迴避制度，因此高級官員都是來自外省的；其次，服務他們的幕僚當時又以來自浙江紹興最為普遍，所謂「紹興師爺」也；其三，還有來自五湖四海的商人——山西、安徽、福建、江南地區——不一而足，這都可以從各地在廣州建立的會館看到端倪；其四，還不要忘記城內靠西的一大部分，包括懷聖寺（穆斯林廟，俗稱「光塔」）附近的番坊，清初被劃為旗地，因此城內有一大批旗人；其五，我們不要忘記還有好些是來自珠三角某縣某村的人，在省城先是寓居其後定居，這尤以原來在鄉下沒有什麼地位但在城市因科舉或商業而得以攀升者為甚，越秀書院的山長謝蘭生，就是其中一個例子。這種種「移民家庭」，不少過了兩三代便逐步落地生根，變成「廣州人」。這裏既有制度的原因，也有文化的元素，例子俯拾即是。以下即以在清代西關和河南地區擁有不少房地產的著名十三行商人潘振承為主要例子，說明這個「成為廣州人」的過程。

潘振承（1714－1788），名啟，原籍福建同安。據族譜載，他「由閩到粵，往呂宋國貿易，往返三次，夷語深通，遂寄居廣東省，在陳姓洋行中經理事務」。[44] 據范岱克（Paul Van Dyke）考證，潘氏跟一名從事馬尼拉貿易生意的陳姓商人關係密切，應該是曾長居馬尼拉，族譜所謂「夷語深通」，指的是西班牙文。[45] 其後他於 1760 年左右開設同文行做西洋貿易，後來更被委任為「公行」的首任商總，代表洋行商人，直至其病逝。肆後其四子潘有度繼承父業成為第二代行商，設「同孚行」，以茲區別；之後又由有度子潘正煒繼承。外國人稱潘啟為"Puankheaqua"（潘啟官），潘有度和潘正煒也繼承了這個稱號，分別被稱為"Puankheaqua II"和"Puankheaqua III"。他們的洋行，跟其他洋行一樣，都設在西關，並且出

44 《（河陽世系）潘氏族譜》，廣州市同安街大同承印，1920 年，頁 31。

45 Paul Van Dyke, *Merchants of Canton and Macao: Success and Failure in Eighteenth-Century Chinese Trade*, Hong Kong: Hong Kong University Press, 2016, p. 61.

租該處的產業或土地給外國商人建立商館。[46]

潘氏本為福建同安人，但通過買地、置產、建祠、命名地名等多種方法，為自己在廣東建造了一個「家鄉」。潘氏族譜以潘振承為「由閩入粵河南龍溪鄉鼻祖」，因為他在「乾隆四十一年丙申在廣州府城外對海地名河南」置地，並「建祠開基」，將該地名為「龍溪鄉」，又「在戶部註冊，報稱富戶，是為能敬堂入粵始祖」。[47] 換言之，在1776年左右，潘振承已立意定居粵東，儘管他開立的商號和「鄉下」，名字都帶有不忘本籍（同安、文圃、龍溪都是與他們有關的福建地名）的意思。我們可以想像，這位「夷語深通」的行商，説的「華語」應該仍然是原來的家鄉話，他留在鄉下的元配，也是閩籍，但在粵地定居後，娶的九位妻妾中，至少有六位是廣東的，估

46 有關洋商潘氏家族研究，參見潘劍芬：《廣州十三行行商潘振承家族研究》，北京：社會科學文獻出版社，2017年；又見 Paul Van Dyke, *Merchants of Canton and Macao: Success and Failure in Eighteenth-Century Chinese Trade*, Ch. 3；陳國棟：〈潘有度（潘啟官二世）：一位成功的洋行商人〉，載陳國棟：《東亞海域一千年》，台北：財團法人曹永和文教基金會、遠流出版事業股份有限公司，2005年，第420－465頁。

47 《（河陽世系）潘氏族譜》，頁31。

計這些妾侍及其所生的子女，都講粵語。到了他兒子一代，也自然入籍河南島所屬的番禺縣，由是成為「番禺縣捕屬茭塘司河南龍溪鄉人」，並有了考取科舉的資格。到了第四代其中一位曾孫潘恕（1810－1865），便有詩謂「我生本粵人，例好作南食。夏初啖禾蟲，冬寒咬龍虱」[48]，可見在身份認同和飲食習慣上，他已經自認粵人了。

上文已提到，省城同時為廣東省、廣州府，以及南海縣和番禺縣治所在。在帝國時期，並沒有「廣州市」，更沒有後來的「城市戶口」和「農村戶口」之分，因此寓居省城的「外人」，只能入籍南海或番禺，且往往都會注明是「捕屬」，透露出外來移民的身份。祖籍浙江山陰的汪氏，自乾隆年間有成員入粵當官或幕僚，由汪瑔開始入籍番禺捕屬，至晚清民國出了頗具才名的汪兆銓、汪兆鏞、汪兆銘等人。[49] 汪

48 轉引自潘劍芬：《廣州十三行行商潘振承家族研究》，第 162 頁。

49 汪氏入粵過程，見彭海鈴：《汪兆鏞與近代粵澳文化》，廣州：廣東人民出版社，2004 年，第 26－37 頁；相關討論可參考 Steven B. Miles, "Out of Place: Education and Identity among Three Generations of Panyu Gentry, 1850-1931", *Twentieth-Century China*, Vol. 32, No. 2, April 2007.

瑔曾說：「余生長廣州，習其風土，比年旅泊他郡，卻望僑寓有如故鄉。」[50] 著名行商伍秉鑑，外國人稱 "Howqua"（伍浩官），祖籍福建晉江安海，在廣州入籍南海，大力捐資支持南海桑園圍的修建。[51] 然而，他們這種「番禺人」或「南海人」，其實是沒有「村」的歸屬的，始終跟世代生於南海和番禺縣各鄉的人有別。類似的情況還有學海堂學長陳澧。陳澧先世本居紹興，六世祖宦於江寧，祖再遷廣東，父親「以未入籍不得應試」，至他自己才「占籍為番禺縣人」。[52] 陳澧撰寫《廣州音說》一文時，說了一句「余廣州人也」。[53] 許多入籍捕屬的移民，以「廣州」而非某縣來表達地域認同，意味着他們在本地沒有「鄉下」可回，「廣州人」是他們最直截了當的身份認同——百

---

50 汪瑔：〈城南消夏雜詠十首〉序（1872 年撰），收入其《隨山館猥稿》卷 6，隨山館全集本，光緒年間版本。

51 有關伍浩官的生平及其商業活動，參見 John Wong, *Global Trade in the Nineteenth Century: The House of Houqua and the Canton System*, Cambridge: Cambridge University Press, 2016.

52 汪宗衍：《陳東塾（澧）先生年譜》，台北：文海出版社，1970，第 1 頁。

53 陳澧：《廣州音說》，載《東塾集》，卷 1 頁 28。

年後的香港，也有類似的現象。

了解過這個「入粵」的籍貫和身份轉換的過程，我們再思考何謂「西關話」或「西關音」時，就明白這不是一個「客觀」或「自然」的語言現象，而是一個由商業發展帶動起一片面積不大的地方的某種人群對某種口音的運用和標籤的結果。西關地處南海縣，在當地營生或居住的人群，所講的廣州話很可能乃以南海口音為基礎，但在聲母和韻母方面又略有不同，有些人又以此為標榜。「西關音」遂成為一種文化身份的標誌。

我們不妨再進一步思考，這群講廣州話、部分喜歡標榜「西關音」的清代「廣州人」，平日聽些什麼歌呢？上引同治《南海縣誌》說，西關再往西便是「白鵝前導」（指白鵝潭），曾經「珠湄歌舫」，「珠簾繡柱，煙波畫船，玉簫金管」，指的是嘉慶道光年間的盛況。在這些歌舫上，會蕩漾着怎樣的歌聲呢？以當時活躍於珠江花艇上的各色歌娘的情況看來，有不少是外省聲腔，包括蘇曲（崑曲）和流行於江、淮一帶的「江浙俗曲」[54]，但也正是在這個時候，珠江歌舫流行起一種新興的歌曲 —— 粵謳。

粵謳，顧名思義是一種用粵語演唱的歌謠，內容大多為珠江花艇上歌姬妓女訴説歡場無真愛，男子多薄倖的情歌。從種種文獻所見，其興起的年代，最早可追溯至十九世紀初，與今天更為人所熟悉的廣東南音，同樣流行。粵謳在嘉慶道光年間，以其文辭內容旖旎，但用詞又帶有許多甚具地方色彩的俚語，深受本地文人鍾愛。南海舉人招子庸，年青時終日流連畫舫，在道光八年（1828）更編輯出版了《越謳》一書，使當年歌娘創（唱）製、文士潤飾的一百多闋粵謳，得以留存至今。更特別之處，是該書還附有五頁用以解釋粵語詞彙的「方言凡例」，其中，置於第一頁第一排的一列「俗字」—— 唉、哩、唎、啫、囉、囉、呀等字 —— 是當時慣用的語助詞，今天也逐漸少用了，但卻是唱粵謳用以拖腔結句的關鍵字。

招子庸還請了一批當時得令的廣州文人為《越

---

54 殷滿桃：〈大小調簡介〉，收入在《陳麗英傳統大調專輯（舞臺官話唱）》CD（太平洋影音公司 2011 年出品）所附小冊。

謳》題詞作序，含蓄地表達嘉道年間以粵語為母語的省城文人對本地文化欲語還休的熱愛與認同。這群平日一本正經的學士，你一句「生長蠻鄉操土音，俚詞率口幾關心」，我一句「土音曲譜誰修？倘早遇漁洋定見收」，他一句「土音新操自成家，也向旗亭鬪麗華」。分明意思就是，人家說我們「蠻」嗎？「土」嗎？我偏偏就是喜歡！署名「石道人」序言，提到當招子庸把《越謳》的稿子遞給他看時，曾跟他說，秦聲（指的是山西梆子）「豪則豪耳，非余所願聞也」；吳歈（指的是崑曲）「麗則麗矣，非余所心許也」。每當夜闌人靜，「撫冉冉之流年，惜厭厭之長夜，事往追昔，情來感今，乃復舒彼南音，寫伊孤緒，引吭按節，欲往仍迴，幽咽含怨，將斷復續，時則海月欲墮，江雲不流，輒喚奈何，誰能遣此！」招子庸拿着他記錄的粵謳，「曼聲長哦，其音悲以柔，其詞婉而摯」。用自己的聲音，唱出真摯的感情。[55]

---

55 關於粵謳由清代至二十世紀中的歷史發展，可參考拙文〈清代嘉慶年間以來廣東「粵謳」的流變軌跡：詩文日記、唱詞曲譜與聲音材料的綜合性研究〉，《民俗曲藝》，第 223 期（2024 年 3 月），第 51－104 頁。此段數條引文，全出自道光版《越謳》。

粵謳既是用粵語唱的，我們又回到本章最初的問題了——用哪種粵語唱呢？《越謳》一書，並無記下任何一首粵謳的譜子，令後人難以尋覓當中的規律。道光年間也還沒有錄音技術，招子庸「曼聲長哦」之後，聲音便消逝了。事實上，粵謳流行了二三十年左右，到了道光末年，人們便「喜唱弋陽腔，謂之班本」，「求能唱粵謳者，邈如星漢」。[56] 上文提到的「廣州人」汪瑔，同治年間有詩曰：「唱到珠江舊時曲，有人彈淚説招郎」，並註解謂「入夜，巷陌間多盲女鬻歌，道光中招銘山大令〔子〕庸譔粵謳，一時爭歌之，近稍稀矣。有老嫗年八十餘，尚能道銘山舊事」。[57] 此情此景，讀來令人鼻酸。粵謳的聲音，在同光年間逐漸消逝。時至清末，卻出現了許多諷刺時弊、鼓吹革命的粵謳，但大抵皆有字無聲，使粵謳更像一種供閱讀的文體而非演唱的歌體。

幸好，二十世紀二三十年代出版的數種樂譜，以工尺譜記下粵謳的一種時興唱法，我們通過逐字對

---

56 同治《續修南海縣誌》，卷20頁3。

57 汪瑔：〈城南消夏雜詠十首〉，《隨山館猥稿》卷6頁4。

音，從而知道粵謳遵循「問字取腔」的法則，以西關音為準繩。這些曲譜以丘鶴儔 1920 年在香港出版的《粵調琴學新編》為最早，其他還有沈允升 1924 年和 1929 年在廣州出版的《歌弦快覩》和《弦歌中西合譜》、許太空等人 1932 年在澳門出版的《粵樂府》，以及時在台山一中任教的陳卓瑩 1933 年出版的《粵樂入門》，都各收入了一至兩首粵謳。時至六十至八十年代，身在香港的師娘（瞽姬）李銀嬌，在電台唱錄了幾首粵謳，讓我們可以進一步確定，唱粵謳用的是廣州白話，是西關音。[58] 我們將會了解到，這種用西關音來釐定唱演粵謳、南音等本地歌謠的做法，為日後粵曲板腔體由官話全面轉成粵語奠定了音樂上的基礎。饒有趣味的是，道光年間在省城珠江畫舫流行的粵謳，同光年間已邈如星漢，居然在二十世紀中之後流落香江！

58　李銀嬌師娘在二十世紀六十年代在香港電台主持名為《解心粵謳》的節目時，錄下數首粵謳，包括《桃花扇》、《夜吊秋喜》、《花開富貴》、《青蘭附薦》等，但流通比較有限。1980 年前後，銀嬌師娘於香港商業電台再次錄製《桃花扇》，這個版本的錄音，2011 年由香港中文大學音樂系中國音樂資料館出版成光盤，經互聯網廣泛流傳，是目前最容易聽到的版本。

待續：聲失而復得

粵謳的聲音自道光末年逐步消逝，既具象徵意義，也隱含着重要的歷史信息。「西關」一地，因廣州 1757 年獨享一口通商地位而起，「西關音」或「西關話」的流行，也因此不會早於十八世紀中，珠江畫舫繁華極致的景象亦然。興起於十九世紀初的粵謳以西關音調音協韻，而不是如鄉下唱木魚書般按鄉音吟唱，正是由於粵謳興起於省城。其後，兩次鴉片戰爭令廣州大傷元氣，五口通商使廣州專利頓失；省城珠江上的煙波畫船，亦一度偃旗息鼓，至十九世紀下半葉，許多商人已「樂居香港」。然而，香港的興起，並不意味西關由此沒落。我們會發現，西關的景致，在港島複製；西關音，也漸漸在香港聽聞，成為從廣州、四鄉乃至五湖四海最終「樂居香港」的人共同使用的口音。西關音，是都會之聲，也是廣州和香港等城市人的「故鄉音」。

好吧，讓我們落香港。乘省港輪船可以，坐九廣鐵路亦行。

第二章
香港地

第一次鴉片戰爭結束後，清廷與英國於 1842 年 8 月簽訂南京條約，開放廣州、福州、廈門、寧波、上海五口通商，與此同時，「大皇帝准將香港一島給予英國君主，暨嗣後世襲主位者，常遠主掌，任便立法治理」，[1] 港島由是納入英國的殖民管治。

香港開埠後，吸引了一批又一批到此尋求工作或從商機會的華人；他們大多來自廣東，尤以珠三角地區為最。這些人説的粵語按理各有鄉音，但最終都以廣州話為共同語音。筆者在「開言」中已提過，在香港政府任傳譯的波乃耶在十九世紀下半葉編撰粵語教材時，強調應以西關音為標準音。其後，曾在二十世紀初擔任過金文泰（Cecil Clementi）和好些駐港英國

1 「和約十三條」(「南京條約」，抄件)，收入在中國第一歷史檔案館編:《香港歷史問題檔案圖錄》，香港:三聯書店，1996 年，第 73 頁。

人的中文老師的宋學鵬，總結他過去數十年教外國人中文的經驗，在 1934 年出版了《廣州白話會話》一書，在導言中也說：

> 廣州白話係廣東省至通行嘅語言，雖然廣東各縣嘅土談，縣縣有多少分別，但係全省各縣，幾乎縣縣都有人識廣州白話，而且縣縣的人，個個都想識廣州白話，所以生長國外嘅廣東籍華僑，未識佢自己嘅鄉音嘅；同埋外省人或外國人到廣東辦事，想同廣東人大部分講中國一種語言，冇隔閡之患嘅，至好就係學廣州白話。[2]

順帶一提，宋學鵬教金文泰學習粵語時，還把《越謳》介紹給他，金文泰後來將之翻譯成英文，1904 年出版了 *Cantonese Love Songs* 一書。把「粵語情歌」從廣州帶到香港，再從香港帶到英語世界，宋

---

2 宋學鵬：《廣州白話會話》，出版機構不詳，1934 年，第 1 頁。

金二人，均應記一功。

接下來，宋學鵬便用「因忍印人引仞必別鱉」來說明何謂廣州白話的「九聲」，並以「事仔」一詞為例，說「西關話好用牙音」，所以把「侍仔」（Shi Tsai）稱為「事仔」（Sz Tsai），而這種叫法，是從「西人用唐人男人使喚之後」才出現的。[3] 在教香港的外國人學廣州話時，他又舉了一些廣州的生活習慣為例句，如：

> 雞脚：近年來廣州人好食雞脚，話係一種補身食品，街市常常有雞脚發賣，酒館嘅菜單，有「雞脚燉山瑞」一味，係著名菜式之一。[4]

看來，今天香港、廣州和各地的粵式酒樓都有的「鳳爪」，是源於一百年前廣州人「好食雞腳」的嗜好。其實，開埠初期的香港，處處可以見到廣州的身

3　宋學鵬：《廣州白話會話》，第 31 頁。

4　宋學鵬：《廣州白話會話》，第 34 頁。

影，因為不論對外商還是華商來說，香港儼如是獨口通商時期的廣州的延續，當初是沒想過它後來會走出一條自己的道路的。

在文武廟裏發現廣州

來到香港地，甫上岸，便發現廣州。

先不說別的，就說香港開埠之初華人在上環荷李活道建立的文武廟，道光二十七年（1847）粗具雛形，有鐵鐘為證。其後屢次整修，規模愈見堂皇。仰望門楣，即見「文武廟」三字，四平八穩，是道光三十一年（1851）陳其錕書的。陳其錕，番禺捕屬人，道光六年（1826）進士，曾任知縣，歸里後主講羊城書院二十六年。[5] 陳其錕的書法是有價有名的，晚清張德彝出使歐洲，途經新加坡，在「粵人多」的地區遊覽，在新蓮香酒樓早餐，看到樓上西壁懸有許其光和陳其錕的對聯畫軸，說「可為希世之珍」。[6] 我

5 光緒《廣州府志》，卷 131 頁 23－24。

6 張德彝：《航海述奇．三述奇》（稿本），卷 8。

們可以想像，陳其錕不一定要親身來香港寫這「文武廟」三字，託人在省城請他寫好，再由石匠打造便可。

進入文武廟，我們仍然處處看到省城的身影。廟宇正中紅色的木刻供桌，是咸豐元年（1851）「省城祥興街隆昌造」；香案上由保良公局壬辰（1892）癸巳（1893）年董理供奉的銅香爐，是「省城狀元坊蘇萬成造」；另一個長方形的銅香爐，是「省城河南州嘴萬隆盛造」；樹在兩側的銅法器，甲申年（1884）由「香港四約中元值理、廣聯泰等敬送」，是「羊城有盛造」。在光緒癸巳年（1893），文武廟做了一次大規模的重修，開平縣的「謝永和記」送來中門一對，紅底金漆，雕花精美，是「省城聯興街許三友造，香港泰來油漆」。這個「省城聯興街許三友」也為光緒年間（1893－1896）建立的越南芹苴市的廣肇會館關帝廟，造了一對中門和木柱。聯興街，就在西關。這些銅器和木雕，在開埠初年的港島都沒有製造的條件，得靠位於西關各種作坊生產，越南亦如是（見圖 2.1）。

但香港地和廣州城的關係，又何止貨品買賣、互

圖 2.1　上三圖為香港荷李活道的文武廟，下三圖為越南芹苴市的廣肇會館關帝廟，分別在光緒年間重修和建立，廟內的木雕中門，均為位於西關聯興街的許三友造（照片由筆者自攝）。

通有無？光緒二十年（1894）文武廟重修，東華醫院和五環醮務當年總理值事立碑，開宗明義點出了兩地的關係：

> 聖人以神道設教而天下服……香港地處廣州口外，一島孤懸；大海環繞，自諸國通商以後，凡海運之入中土者，先至止焉。由是行而商者，皆出其途；坐而賈者，視為樂土。其中群萃雜處，雖重九譯，靡不梯航而至，以抱以貿，樂其利而忘其勞。[7]

從今天的眼光出發，「鄰近」香港的是深圳，但在一百多年前的港島，華人商界領袖為香港定位的參照城市——不止是地理的，更重要是商業的、政治的、文化的，甚至感情上的——是省城，是廣州口岸，所以說「香港地處廣州口外」。碑文又說商人把

---

7 〈重修香港文武二帝廟堂碑記〉，載科大衛、陸鴻基、吳倫霓霞合編：《香港碑銘彙編》，香港博物館編製，香港市政局出版，1986年，第一冊，第260－261頁。

香港「視為樂土」，與上一章多次引用的同治《南海縣誌》說的「樂居香港」，竟有異曲同工之妙。其實，類似文武廟碑記的這段話，在同治辛未年（1871）廣州愛育善堂送給東華醫院的「惠周海外」的匾額，便已經出現了，其附注曰：「香港去羊城數百里，孤懸海外，邇來中外互市，商賈雲屯」。[8] 如此雷同，不知是「抄襲」還是心有靈犀？更有可能是，為省港兩地各種華人場所撰寫和題書匾額者，就算不是同一幫人，也是接受了同一套教育，對中華文化有強烈認同的文人。事實上，省港兩地的慈善機構（廣州以包括城西方便醫院在內的「九大善堂」為主，香港以東華醫院及保良局為首），在籌款賑災、瘟疫期間贈醫施藥、從海外移送骨殖回鄉安葬等各項事務，至二十世紀中多年來合作良好，總理人事更時有重疊。

香港開埠初期華人對省城的追慕或懷念，從街道命名可見一斑。在上環，與皇后大道成直角的街道，由西往東，有「永安街」、「同文街」、「興隆街」，

---

8 東華三院檔案及歷史文化辦公室：《胞與為懷 —— 東華三院文物館牌匾對聯圖錄》，香港：中華書局，2016 年，第 2—3 頁。

與在西關三條比鄰的街道同名，而廣州的「同文街」本來就是以潘啟官掌設「同文行」於此而得名的。再往東走到中央街市，在稱為 Central Market 之前，叫了許多年 “Canton Bazar”。其實，在商館區養尊處優的外國商人，最初來到港島，並不心甘情願，還時刻懷念廣州的美好時光，但到了十九世紀下半葉，在香港的中外商人，已「樂其利而忘其勞」了。然而，廣州和香港的關係，並沒有因此而分道揚鑣，反而由於新式交通的開拓，變得更為緊密。

省港澳輪，九廣鐵路

十九世紀中和二十世紀初分別開通的省港澳輪船和九廣鐵路交通服務，進一步加強了省港澳尤其是省港兩地的人貨往來。香港開埠初期，廣州、香港和澳門間的乘客和貨物運輸主要由帆船運載。1848 年，怡和洋行、寶順洋行等創立了省港小輪公司，經營兩艘蒸汽船來往香港和廣州，未幾在 1854 年倒閉。1865 年，省港澳輪船公司由多家香港本地航運公司

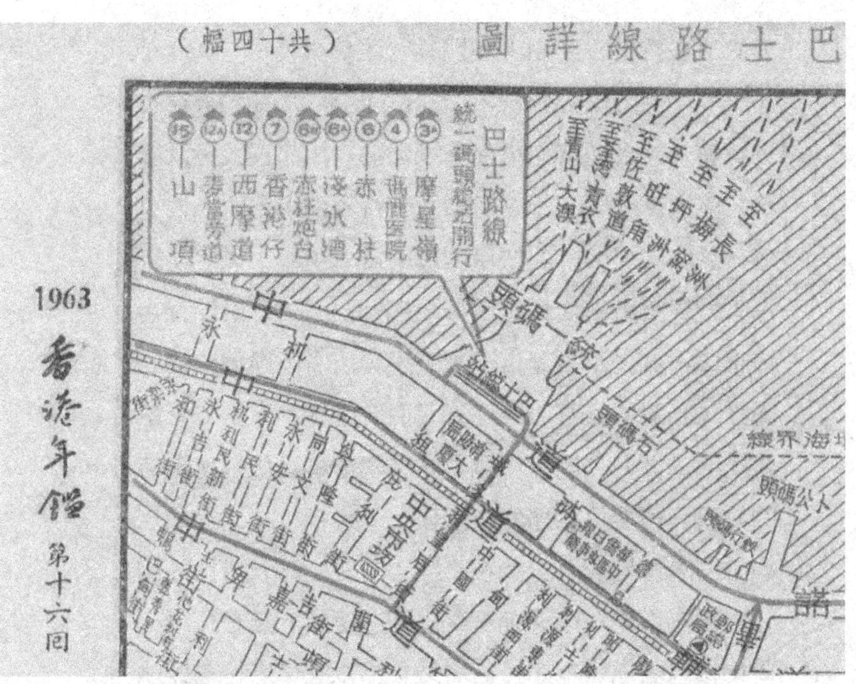

圖 2.2 《香港年鑑》第十六回〈街道指南〉，香港：華僑日報，1963 年出版。其中，「永安」、「同文」、「興隆」等街名，都可以在廣州西關找到，而「中央市場」(今稱「中環街市」)，在開埠初期名叫“Canton Bazaar”，大概也是「廣州記憶」的餘緒。

成立，在香港、廣州與澳門經營渡輪服務。[9] 1910 年 10 月，九廣鐵路英段落成啟用；翌年 10 月，來往香港與廣州的九廣直通車隨華段建造完成而正式投入服務。[10] 通車在即，報紙即謂「來月省港鐵路開車後，每日開車四次，計開快車兩次，慢車兩次，從此後香港省城又交通利便矣！」[11] 未幾又報曰：「每日開直接快車二次，全路長壹百一十英里，所需時候略少於五句鐘，全路頭等位收龍毫五元四、港銀五元；二等位收龍毫二員七、港銀二元半。」根據這篇報道，當時的鐵路公司提供各種優惠與便利，包括：一、第二三等來回車費比於單行費多壹半；二、回頭票發出後兩日內尚可以用；三、凡結隊出外遊耍遊獵及戲班等，均可以另商車費；四、由省城直搭車來港者，須驗明車票是否直往香港，不可取往九龍之票，未到九龍之

9 據海事處網站《香港港口與海事處歷史》第一部分第三章〈1860－1898 年：轉口貿易的成立〉第八節〈區域交通〉（作者：丁新豹，https://www.mardep.gov.hk/theme/port_hk/hk/p1ch3_8.html，瀏覽日期：2024 年 9 月 29 日）。

10 香港地方志中心編纂：《香港志 · 總述 大事記》，香港：中華書局，2020 年，第 168 頁。

11 〈省港火車開車〉，《華字日報》，1911 年 8 月 9 日。

前，轉換搭尖沙咀過海小輪之票，不用給費。[12] 最後這條寫得不清不楚，但似乎意味着當時有一種連同過海小輪票的選項，使「廣九」直通車，達到「省港」直通車的效果。

省港兩方的輪船碼頭和火車站都位置適中。在廣州，省港澳輪船公司的碼頭在西堤；廣九（在廣州便要倒過來稱「廣九」了）鐵路車站在東堤近大沙頭，碼頭和車站中間由南堤馬路貫通。在香港，省港澳輪船公司的碼頭在上環，九廣鐵路車站在尖沙咀，前者直達港島核心地帶，後者方便搭乘渡輪過海。鐵路當然更為快速，但輪船亦有夜間行走的，節省了乘客晚上的時間。兩者關係有時是競爭，有時是互補。

如同今天一樣，輪船和鐵路的開通，大大促進了旅遊事業。1911 年 4 月 17 日《華字日報》報道，「連日乃公眾假期，客之往澳門、羊城、赤灣、羅湖及各處遊者，不知凡幾，昨禮拜五日有數百人連隊附火車往羅湖」，「省港澳輪船公司往赤灣之輪，由今日起每早八點半鐘開行。」為什麼在澳門、廣州、羅湖等

12 〈欲搭九廣鐵路者請看〉，《華字日報》，1911 年 9 月 25 日。

地點之外，還有個「赤灣」，省港澳輪船公司且為之設有專門的航班呢？1911 年 4 月 17 日的陰曆日期是三月十九日，臨近三月廿三天后誕，遊客和香客去的是位於深圳今南山區的赤灣天后廟，據説自明代起便聲名遠播。可見北上消費，不自今日始。

省港澳輪船公司還出版了一系列的手冊，推廣三地旅遊。1914 年出版的 *Handbook to Canton, Macao and the West River*（廣州、澳門、西江）的旅遊手冊，向在香港待上幾天的遊客推銷行程，介紹他們遊覽獨一無二的廣州城、風光如畫的澳門，甚或暢遊西江，飽覽自然景色，輪船公司會沿途提供舒適豪華的設施與服務。小冊還附有景點、旅館、商舖和導遊廣告，一位名叫 Kwan Tai 的廣州導遊便賣廣告謂：英語流利、導遊經驗達十五年、省港澳輪船公司推薦的廣州三個最可靠的導遊之一！[13]

來往於省港間的輪船和鐵路提速消息，向來備受人們期盼與關注。1927 年，因「華方向英局假借車

13 *Handbook to Canton, Macao, and the West* River, issued by the Hong Kong Canton & Macao Steamboat Co. Ltd. & China Navigation Co. Ltd., prefaced 1914, pp. 22, 121.

頭」，由此九廣鐵路不用轉換車頭，「由港至省，需時僅三點四十分鐘，向例須四點二十分鐘，其所以如此快捷者，一因不換車頭，二華界道路已有一段方換枕木，可以開快，不虞發生意外也。聞車上職員言，由深圳至石龍，去年已曾換枕木二萬塊，惟由石龍至省城，尚須換五萬塊，方可妥善，一俟換竣，即可開快無虞，三小時可以抵省。」[14] 1928 年，省港快車自 12 月 1 日開始，從廣（大沙頭）到九（尖沙咀），是上午 8:10 開出，中午 12:07 到達；下午 3:25 開出，7:20 到達。由九龍到省的，則是上午 8:05 開出，中午 12:05 到達；下午 2:25 開出，6:20 到達。也就是説，之前説「三小時可以抵省」的願望，至 1928 年仍未真正實現。[15] 同年，又有傳言説儘管各省港輪船競爭激烈，但傳聞有一家「新紀元輪船公司，將派輪船來往省港，該船航行，每小時速率二十一海里，是四小時可達廣州」。這個願望尚有待實現，但報紙編輯已

14 〈本港中西報界參觀廣九鐵路紀〉，《工商日報》，1927 年 6 月 21 日。

15 〈省港快車定期增加速率〉，《工商日報》，1928 年 11 月 27 日。

急不及待地起標題曰「省港交通將來之大變更」![16]

時人殷切盼望火車和輪船能早日提速，固然是因為省港兩地的人員來往十分頻繁。1925－1926 年省港大罷工期間，兩地政府關係一度十分緊張，但隨着罷工告一段落，廣州當局與香港政府的關係亦逐漸修復。[17] 廣州政局在陳濟棠的統治下轉趨穩定，經濟和娛樂活動至二十世紀二十年代末再度復蘇。報道這類消息的小報和畫報亦在此期間變得尤其發達，1928 年首發的四種畫報，包括《天趣畫報》、《香花畫報》、《海珠星期畫報》和《非非畫報》，是反映省港關係的另一個明證。《天趣畫報》在廣州印刷，主要代理報房也在廣州；[18]《香花畫報》也是在廣州印刷，但在香港擺花街和廣州豐寧路同時設有通訊處，代理

16 〈省港交通將來之大變更〉，《工商日報》，1928 年 12 月 27 日。

17 關於省港政府當時的關係，可參見鄧開頌、陸曉敏主編：《粵港關係史 1840－1984》，香港：麒麟書業有限公司，1997 年，第六章〈「省港復交」的十年〉；陳學然、吳家豪：《中英關係與殖民管治：金文泰在香港 1925－1930》，香港：中華書局，2024 年，第三、四章。

18 《天趣畫報》，第 2 期（1928 年 1 月）封底。

處也是省港兩地俱有；[19]《海珠星期畫報》編輯發行所和通訊處都設在廣州第七甫也就是西關地帶；[20]《非非畫報》在港島九龍各有一發行處，估計印刷地也在香港，代售處則包括香港、廣州、廈門各大書坊，其刊載文章往往以「本港」的口吻敍述，但編輯人員實際上是活躍於省港兩地的著名文人和畫家。[21] 四種畫報的代售報社或書店，服務範圍均覆蓋省港以至其他各埠，海內城市有佛山、江門、汕頭、廈門、上海、北海、海口；海外從海防、西貢、新加坡、菲律賓，遠至加拿大的溫哥華、多倫多、域多利亞、卡技利；美國的三藩市、紐約、芝加哥、檀香山；古巴的巴拿馬；法國的巴黎。[22] 可見，這類畫報的印刷地點多限於一處，通訊處則設在省港兩地或通過郵遞投稿，而銷售點則幾乎是有粵人之地便可通過當地的書店、藥

---

19 《香花畫報》，第 1 期（1928 年 8 月）封底。

20 《海珠星期畫報》，第 3 期（1928 年，未載月份，下同）封底。

21 見《非非畫報》，第 1 期（1928 年 5 月）封底。

22 見《香花畫報》，第 3 期（1929 年 2 月）封底；《非非畫報》，第 3 期（1928 年 8 月）封底、第 5 期（1928 年 11 月）封底、第 9 期（1929 年 6 月）第 37 頁。

店或個人代理。這類刊物的性質、風格，以及其刊登的文章所透露的資訊，在許多方面都表現了二十世紀二十年代省港兩地許多既互動又互補的千絲萬縷的聯繫。

香江勝景，羊城美食

香港有何吸引之處？也許讓今天的香港人難以想像的是，當日香港在這些畫報中最經常出現的形象，是它的自然景色。

二十世紀二十年代末，當攝影在普通報刊（即毋須在優質的蠟光紙或銅版紙）上印刷的方式變得愈來愈普遍後，上述幾種刊物都刊載不少攝影作品，當中香港的形象往往以「勝景」出現。《天趣畫報》1928 年刊載了一張香港的照片，題為「香港日暮一漁舟」，十分詩意。[23]《香花畫報》同年以「香海之夜」為題，刊登了九幀圖片，謂：

---

23 《天趣畫報》，第 8 期（1928 年 7 月）第 17 頁，

> 香港一埠，風景絕妙，夜景尤佳。每當夕陽既下，新月初升時，一望巨浸無際，星光月色，掩映綠波中，令人飄然有海外仙山之想，而在海中遙望香島，則萬家燈火，一片琳琅，貝闕珠宮，又如在想像□也。本報美術部源君香雪，出其平日在美璋照相館攝得香海夜景九幅，舉以相贈，乃彙而製版，登諸報端，以供同好。[24]

事實上，可能連香港人自己也忽略了，「香海」——香港的海，是廣州所無的。老廣州雖稱渡珠江為「過海」，但畢竟缺乏可以弄潮的沙灘。《非非畫報》第3期以游泳為題作專號，讚美的就是香港這些可以讓人親近的海。〈香江弄潮錄〉的作者，介紹了香港位於西環、七姊妹、大環、荔枝角等游泳場所後，作出這樣的評價：

> 如必欲往僻靜之地以游泳者，吾以為

24 《香花畫報》，第1期（1928年8月）第2頁。

不如赴大環與荔枝角兩地之為愈。且大環與荔枝角有一事別饒風趣尤為該兩地（指西環和七姊妹 —— 引者）所不及者，則大環與荔枝角兩地多蜆，大環尤盛。游泳既畢，坐於沙灘，以指撥沙，揀拾蜆類，恒可盈筐而歸。余每遊大環返，友輩輒趨前視余筐，問得蜆若干，烹調弄食，以作下酒物。…… 然無論往青山遊，與大浪灣、清水灣、深水灣遊，皆須費多時，且獨命車命輪而往，費多資，此則有不及于七姊妹與西環耳。…… 香港游泳，每年均有比賽一次 …… 政府獎賞之 …… 游泳之事，既為政府所提倡，故香港游泳之風特盛，為廣州所不及也。[25]

雖然還是有人認為「本港之浴場多矣，而海浴旅

25 黃鵬：〈香江弄潮錄〉，《非非畫報》，第 3 期（1928 年 8 月）第 7 頁。有關香港游泳活動的歷史，可參考潘淑華、黃永豪：《閒暇、海濱與海浴：香港游泳史》（香港：三聯書店，2014 年）。

館投付缺如，此吾人所引為憾事者也」，[26] 但香港的情況，畢竟還是比廣州好。當時香港的華人游泳健將，技藝之精湛讓廣州人欽慕。《非非畫報》第 3 期「游泳號」第 10 頁全版刊登了幾位香港游泳健將的照片，其中黎士超往海一躍而進的姿勢，給主編杜其章捕捉下來，加上說明曰：「為南華會員，精泅水術，而高跳尤為其所長。南華跳臺本離水四丈餘，今增高至五丈者，即為黎君設。宜乎南華游泳大家，眾口稱之矣！」

廣州缺乏天然的沙灘，海浴條件相形見絀。廣州也向來缺少公共游泳的場地，只有十來個供私人使用的「私家棚」。1919 年，原為官員私邸、位於東山新河浦的漁廬，交廣東精武體育會闢為游泳場，據說是「廣州有游泳之始」。當年「到者寥寥」，後來入場人數節節上升，至 1928 年的端午節，到這個「東山水上遊藝會」的人數竟達三萬人之眾。開辦過一些游泳班之後，「昔能游五十碼者僅五六人，今能游者數十

26 胖記者：〈海浴旅館之提倡〉，《非非畫報》，第 3 期（1928 年 8 月）第 9 頁。

人矣」。不知是否乏善可陳，撰文介紹「東山水上遊藝會」的作者在描述完這個遊藝場後，注意力都集中在「群雌粥粥，韻事遂多」這一點上，附圖更沒有像香港南華會男將跳水的英姿，只有身穿泳裝或短褲的女子或橫臥地上或佇立水中的美態。作者把許多與游泳無關的「韻事」，歸納為「廣州游泳場之特點，與香港間不同者，此筆記之，猶為神往」。[27]

香港山海景色勝於廣州，但「食在廣州」因有其歷史淵源，卻不是香港能輕易掠美。當時香港的酒家，每以聘得廣州名廚為標榜，例如，位於上環水坑口的「樂仙酒家」，便有廣告曰：

> 本酒家特聘廣州廚師，巧製四時菜式，包辦筵席，廳房雅潔，地方宏敞，竹戰免租，妙曼女郎，殷勤招待，堂座則檳水豁去，香巾免費。[28]

---

27 龍井：〈廣州東山水上遊藝會瑣記〉，《非非畫報》，第 3 期（1928 年 8 月）第 8 頁。

28 《香花畫報》，第 2 期（1928 年 9 月）第 20 頁。

位於皇后大道西的武昌酒家，開幕時廣告謂「廣州名廚，增聘到此」。[29] 油蔴地上海街的大總統酒家新張，廣告亦謂「本酒家聘請廣州廚時〔師〕專研食譜，價廉味美，用品精良」。[30] 即使無法禮聘廣州名廚，至少亦能依樣畫葫蘆，在威靈頓街和德輔道中均有店面的南園以及油蔴地大三元酒家的聯合廣告曰：

> 廣州四大酒家之時菜，久已馳名遐邇，無待贅述，最近又選有特色十大件、九大件新菜一桌，經在廣州應市，曾嘗試者，咸謂比前尤為精美，故在港照樣製辦，俾港中人士一品評之。[31]

大三元是先在廣州長堤經營，再在港島開店的，自然容易「照樣製辦」了。我們更不要忘記今天兩地尚存的蓮香茶樓，當年老舖在廣州第十甫，香港分店

---

29 《非非畫報》，第 5 期（1928 年 11 月）封底內頁。

30 《非非畫報》，第 10 期（1929 年 11 月）第 30 頁。

31 《非非畫報》，第 4 期（1928 年 10 月）第 17 頁。

一在中環皇后大道中，一在油蔴地新填地街。其廣告曰：

> 中秋月餅，最好材料。省港馳名，遠近知曉。
>
> 茶樓雅潔，女侍照料。新奇美點，麵食精妙。[32]

「省港馳名」或「馳名省港澳」是我們過去經常聽到的廣告語，既然香港的酒家要禮聘廣州廚師，而像蓮香這類茶樓又兩地都有分店，當時香港的酒家茶樓又有什麼優勝之處呢？答案就在上述的廣告語中——「妙曼女郎」、「女侍照料」。醉翁之意不在酒，茶客品茗別有心，以前在酒家茶樓的活動，又何止飲食？《香花》、《天趣》和《海珠星期》這三種畫報，便給我們呈現了省港兩地許多酒家茶樓、歌壇劇院、花街柳巷的不同風貌。

當時在茶樓酒家服務的女侍應，在小報文人的

32 《非非畫報》，第 7 期（1929 年 4 月）第 39 頁。

筆下，或（男）茶客口中，一律稱為「茶花」。[33]《海珠星期畫報》某作者說，在香港設有歌台的茶樓，讓「港中品茗之客，飽聆竹肉之聲，而更有茶花可賞（女招待稱為茶花），不啻遊於眾香國內矣」。[34] 廣州的茶樓過去也曾經流行過女招待，後來一度被禁，似乎到了1928年左右才死灰復燃。《海珠星期畫報》某作者以〈廣州市的女招待〉為題撰文感歎說：

> 自從禁用女招待後，廣州市內的酒樓茶室，通通沒有女招待的蹤影了。直至今年春間，才有女招待復活消息。新聞紙也登載幾次，說是舊日女招待某某等出而運動，似乎不久便可實現的。然而只是空氣作用，究竟沒有這回事，廣州市內依然不見有什麼茶花。

---

33 關於「女招待」的問題，進一步的研究可參見 Angelina Chin, *Bound to Emancipate: Working Women and Urban Citizenship in Early Twentieth-Century China and Hong Kong*, Lanham, Md.: Rowan & Littlefield Publishers, 2012.

34 妙諦：〈香江顧曲談〉，《海珠星期畫報》，第8期（1928年）第10頁。

哈哈！現在有女招待出現了，河南的鹽倉地方，有許多曠地，故此又可稱為大笪地，近來天氣漸熱，那些賣架啡茶的老板，趁着天時地利，就「大張旗鼓」起來，有在曠地擺賣的，也有蓋間木屋，或租間舖位的，一概僱用女招待，那女招待，就是茶花，因她係賣架啡茶的呢。

偌大廣州市，不見有女招待，單是鹽倉一掌之地，開了十幾朵茶花，那麼，便宜了鹽倉土地了。[35]

另一作者則寫了一篇〈香港的女招待〉説：

女招待復活的空氣，現在佈滿廣州市上了，然而只有空氣，尚未成為事實。還是香港的女招待，十分活動。

香港某茶樓，僱用女招待甚多，其中

35 筠：〈廣州市的女招待〉，《海珠星期畫報》，第 8 期（1928 年）第 19 頁。此處「河南」指廣州城珠江以南的大島，即今之海珠區。

> 最著名的名阿珍，她有幾分姿色，兼有些媚客的手段，因此品茗客多數賞識他。
>
> ……
>
> 此外各茶樓的女招待，村的俏的，好的歹的，無所不有……但聽他〔她〕的口音，便知她是順德縣人。大抵順德女子，十居六七呢。[36]

既然省港有別，難怪「因事過港，下榻德輔道中之東方枝店」的某作者，要給《天趣畫報》投一篇〈香海茶花錄〉，談談他在香港酒家之所見：

> 與友人三五，小酌於南洋酒家，中有茶花名亞七者，皓齒明眸……翌日，品茗於高陞，中有茶花名亞珍者，人皆謂其箇中之翹楚。余到港之初，恒聞人言，恨不獲一覩以為憾，惟是中心藏之，莫之

36 哈哈子：〈香港的女招待〉，《海珠星期畫報》，第 6 期（1928 年）第 19 頁。

> 或息，乃與友人驅車而往。既至，則所謂亞珍者，面目浮腫，有謂其面之右部跌傷者，有謂其煎燶架厘雞者，究竟孰是孰非，無討論之必要。但求如亞七之皓齒明眸，得人讚嘆者，珍難與比。吾故曰：香海之茶花，當以亞七為巨擘焉。[37]

畫報的作用莫過於能圖文並茂，讓人「按圖索驥」。《天趣畫報》第 3 期第 15 頁（1928 年 2 月）便刊載了「香江女侍阿珍」的照片，類似的照片在各畫報中比比皆是。廣州的讀者看到這些報道和照片，也許下次去香港時，會特意去茶樓品茗，看看亞珍是否真的面如「煎燶架厘雞」，或逕自尋覓亞七的芳蹤。

---

37 大黃：〈香海茶花錄〉，《天趣畫報》，第 7 期（1928 年 6 月）第 15 頁。

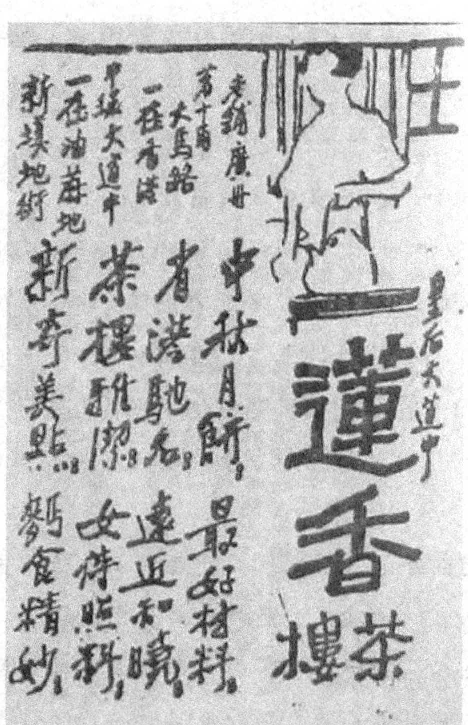

圖 2.3　蓮香茶樓老舖位於廣州西關第十甫，在中環皇后大道中、九龍油蔴地都有開店。《非非畫報》第 7 期（1929 年 4 月）第 39 頁廣告。

歌伶獻藝，省港大班

在省港澳滬之間來回往返，在以唱曲維生的女伶中也十分普遍。從幾種畫報報道有關女伶的消息看，至遲在 1920 年之前，女伶獻藝在廣州已頗為流行。有作者說：「吾粵茶樓，自有歌台以來，初則招瞽姬度曲，女伶則繼之者也。」[38] 又有云：「廣州市女子以鬻曲為業者，即數年以瞽姬為最盛，今則多數歸於淘汰圈中，而女伶遂執歌台之牛耳矣。」[39] 不過，似乎從 1922 年左右開始，廣州歌伶演唱活動有由盛轉衰之勢，主要原因是工人運動的興起。時人謂：

> 溯自瞽姬落伍，代而興者到為歌伶。民十以前，無論大小酒樓茶居，以度曲能招徠茶客，而獲厚利，群相率效尤，斯時絃歌之聲遍羊石，為徵歌最盛之時代。迨至民

---

38 少帆：〈佛嘯室顧曲談〉，《天趣畫報》，第 2 期（1928 年 1 月）第 7 頁。

39 周脩花：〈女伶工值概況〉，《海珠星期畫報》，第 3 期（1928 年）第 14 頁。

> 十一以後，工潮膨脹，百物騰貴，各樂師與歌伶組工會，其工價昂於前數倍，兼且優秀歌伶因環境關係，多悄然引退，酒樓茶居之東主，恐為工會所挾制，乃不復徵歌。羊石歌台幾至絕響，其碩果尚存者僅得九家，所謂盛極而衰也。[40]

工人運動其實也席捲香江。1922 年，香港爆發海員大罷工，與內地的海員工會連成一氣；在 1925－1926 年省港大罷工期間，大批罷工工人從香港赴廣州，香港經濟一度陷於癱瘓。在這種氣氛下，廣州歌壇受到打擊，但香港的歌壇卻乘時興起。〈香江顧曲談〉的作者謂：

> 香江一島，為交通要點，商業甚盛，而女伶亦極一時之盛，茶樓之設有歌台者，十之七八。溯其原〔源？〕起，蓋曩

40 周脩花：〈增設歌壇之醞釀〉，《海珠星期畫報》，第 6 期（1928 年）第 9 頁。

> 年工潮影響，港中頗為冷寂，一般茶居老板，為招徠計，乃藉女伶之聲色，以引起顧客之興趣。此法顧〔頗？〕能收效，於是女伶歌唱，遂為時向矣。在工潮未起以前，雖已有唱女伶者，然不若今日之盛，又試省港兩方比較，則省中茶樓唱女伶者只居少數，遠不及港中之多也。[41]

同樣受工潮影響，省港兩地歌壇的景況卻大異其趣。在工聯主義的影響下，廣州女伶曾一度組織女伶工會，企圖爭取加薪。值得注意的是，廣州女伶工會的第一屆委員長，是原來在香港謀生的歌伶耀卿。《海珠星期畫報》刊載其背景謂：

> 歌者耀卿，吳姓，幼名帶金，乃油蔴埭蛋婦阿十之育女，頗負艷名。……阿十以其艷名既噪，長居艇中良非久計，乃遷

41 妙諦：〈香江顧曲談〉，《海珠星期畫報》，第 8 期（1928 年）第 10 頁。

隸油蔴地某寨，更名細金……。阿十以其能搖錢，乃聘樂師教以歌，耀卿天資聰敏，頗悟絃歌奧妙，能唱大喉生喉旦喉，兼善琴，而阿十以耀卿聲色俱佳，置之油蔴地中，未免大材小用，乃遷喬出谷，改隸石塘咀「詠觴」(即今綺紅)，易名耀卿。…… 然耀卿有蓆癖，恒喜與梨園子弟交…… 尋芳者以其甘為蓆嘜，皆卻步而不敢問津，遂致門前冷落，耀卿乃幡然變計，鬻曲於香港各茶樓。

耀卿是怎樣開始組織工會的？該報道繼續説：

迨年前罷工風潮發生，遄返廣州，仍以歌唱為活。覩廣州歌者，多受壓迫，是以聯合眾歌者組織工會以抵抗之，迨工會略具規模，眾以耀卿功高望重，遂公選其為廣州女伶工會第一屆執行委員長執行會務，後因資才兩乏，辦理未善，致為白玉梅藉詞聳動眾歌者打倒耀卿，耀卿以勢孤力

> 弱，莫可與爭，乃翩然赴香港避之，白遂得任第二屆委員長矣。客冬曾運動眾歌者倒白，然亦失敗，乃再赴香港，仍以歌唱為活，台腳頗不冷落。予昨旅港，曾聆耀卿度曲於某茶樓，覺耀卿姿容憔悴，歌喉略低，似不若前在省時聲色之佳也。[42]

耀卿先是在香港未能立足，轉至廣州，在廣州領導女伶工會又為另一女伶排擠出局，遂赴港避之，後來再回廣州與該女伶一爭長短，以失敗告終，又再返回香港謀生。就連這篇文章的作者，也是剛好「旅港」，錄其所見，投稿《海珠星期畫報》，省港兩地的流動性和互補性，再一次在這個例子中表露無遺。

至於廣州的女伶工會，未幾遭解散，女伶被一股名為「唱書團」的勢力操控，薪金也被壓低。[43] 女伶

42 卉馥：〈女伶工會委員長之今昔〉，《海珠星期畫報》，第 3 期（1928 年）第 13 頁。「油蔴埭」與「油蔴地」為同一地名。

43 詳情可參見俠民：〈歌伶皈依於佛〉，《海珠星期畫報》，第 2 期（1928 年）第 10 頁和周脩花：〈女伶工值概況〉，《海珠星期畫報》，第 3 期（1928 年）第 14 頁兩篇文章。

在廣州的營生環境愈來愈不利，去香港是自然不過的選擇；而兩地的歌壇，粗略言之，也有些差異。據一位顧曲者說：

> 香島歌姬，就年齡計，較之廣州歌壇，微有不同。緣香海之歌伶，多為平康中人，轉操歌業者，即間或有非曾作此中鶯燕者，亦為將來之繼任人物。而廣州歌姬，則絕不以此為限，余嘗見有因家庭環境，出作歌伶，以自食其力者，更見有以歌曲為生活而歸以侍親者，以故年齡一節，非常不整，少者之西施、英女，老者之公腳秋、樂生，即其例證也。香島歌姬則不然，類皆飽嘗平康滋味，因各種原因，乃轉而登歌壇，故年齡少小者，幾至絕無僅有，余謂之不同之點，即是故也。[44]

44 浪生：〈香海歌台之雛鳳〉，《香花畫報》，第 1 期（1928 年 8 月）第 17 頁。

此文還提到當時香港的歌伶「多仗姿色而制勝」，如果屬實，則真正具曲藝者，是那些原來在廣州已頗有演唱經驗的歌伶。例如，「女優文華妹，前曾受聘於廣州市之某大公司遊樂場，後轉而售技於外洋，年前曾來港受聘某茶樓女班之聘，為該班檯柱」。[45] 以聲腔取勝被顧曲者譽為「第一等」的女伶燕燕和郭湘文，[46] 皆是從廣州轉往香港的。有顧曲者回憶曰：

> 燕燕本為廣州歌台先進者，余於民九、十間，恒與清泉因石兩君，於工作餘暇，聆其歌於蓑衣街之正南茶樓，當時余曾贊其唱音之清，謂為無有過之者。緣邇來歌姬之唱生喉者，幾至鳳毛麟角，即間或有之，亦非正宗之喉，遠不如燕燕之正確故也，友輩亦皆謂然。不過當時有三數

45 浪生：〈女優文華妹〉，《香花畫報》，第 1 期（1928 年 8 月）第 17 頁。

46 少帆：〈佛嘯室顧曲談〉，《天趣畫報》，第 2 期（1928 年 1 月）第 7 頁。

自命時髦派之劇團中人，因其腔口之非完全新穎，故意非之，然就事實言，燕燕曩者之於廣州歌台，亦不失重要角之位置，絕不能因信口開河而傷及伊之名譽。至其所以別卻廣州而之香海者，怠別有原因也。

以上引文除了說明燕燕自省赴港外，更反映了當時廣州有些「時髦派之劇團中人」，追求「新穎」的腔口，對燕燕的曲藝有所批評。但該作者顯然是支持燕燕的，故續說：

至於丁板、腔口、發音等事，燕燕之老到技能，久為香港人士所共見。或謂其過於食古不化，曲本陳腐，余初時亦略以為然，第聆其度《斷腸碑》而後，則又以為未必盡然，更且許其有改造性。《斷腸碑》一曲，為燕娘在港所歌，彼未歌此曲時，港中歌姬，多不知亿仉中板為何物，最近乃有三數時尚者步其後塵，然則以亿仉撞點板論，燕燕已居先知之列，謂為陳腐，其誰信耶？[47]

另一個值得我們注意的事實是，留聲機和唱片的使用與流通，使省港兩地的曲迷得以經常聆聽離開本地到另一地謀生的女伶的歌聲，儘管不及現場觀賞的精妙，但至少可解一時之渴。時評認為：

> 近日留聲機器盛行，各公司競製新唱碟，中西歌曲，無所不有，購買者可從其所好，然粵人則必喜聽粵曲矣。製碟之粵曲，悉粵中當代名優所唱，如馬師曾、薛覺先、靚少鳳、陳非儂、白玉棠、肖麗章之屬。……顧聽碟與看戲迥異，看戲者對於優伶，可評其唱工，並評其做工，即至服裝之類，亦有批評之價值。……至於聽留聲唱碟，則聲之外無他物，惟有就聲論

---

47 浪生：〈燕燕之斷腸碑〉，《香花畫報》，第 1 期（1928 年 8 月）第 15 頁。「亿仉中板」今一般寫作「乙反中板」，是粵曲板腔體中「中板」的其中一種調式，以「乙」（7̣）和「反」（4̣）二音頻繁出現以表哀怨為特徵。

聲而已。[48]

當然，哪怕是不講究做工的曲藝，能現場欣賞還是更好的。點評燕燕唱《斷腸碑》的作者又說：

> 《斷腸碑》唱片出世以來，凡購有留聲機者，莫不人具一片。……
>
> 憶余未來港時，《斷腸碑》一曲，只能於唱片中聆之，客歲因腦系受病，到港就醫，倍覺無聊，遂向歌台中稍消積悶，乃偶然一得聽燕娘歌此，較之唱片，尤為精妙，緣唱片只得聆其音，而未覩其神態，□〔今？〕番則表情亦得覩之，自然又進一步也。[49]

另一位於 1920－1921 年間在廣州歌台頗負盛名

48 協律：〈聽碟〉，《海珠星期畫報》，第 5 期（1928 年）第 4 頁。

49 浪生：〈燕燕之斷腸碑〉，《香花畫報》，第 1 期（1928 年 8 月）第 15 頁。

的女伶郭湘文，據説「原為香江蔴花」，本來歌藝平平無奇，其後為生活計，賣技於廣州各茶樓，也許是由於歌藝有所進步，工資也節節上升。顧曲者評論郭湘文謂：

> 斯時工值每日二元八角，寖由三元六而四元，而五元，八元，十元，十二元以至二十元零八角，一躍與負有時譽者並駕爭雄，不得不謂極一時之盛。惟忽然香江蒞止，不能再向廣州度曲者，則以其聲望噪著，養成驕傲氣習所致，語云「滿招損」，斯其證也。[50]

作者接着説郭湘文後來在廣州開罪了一些權貴，被迫「逃之香島」，很可能因此轉至香港謀生。燕燕和郭湘文去了香港後，沒有機會赴港的廣州人，除了聽聽唱片外，就得靠這些畫報獲悉她們的近況了。某

50 百厭仔：〈擅唱平喉之湘文〉，《香花畫報》，第1期（1928年8月）第16頁。

「香江客」便投稿給《天趣畫報》，對二人的曲藝加以評點謂：

> 郭湘文、燕燕，女伶中之表表者也，無論往何演唱，均屬極端旺台。余嘗於某夜聽湘伶於南如樓，該伶一曲既終，座客即如排山倒海而下，雖有別伶繼唱，亦絕無留戀，一若舍該伶外，全無足聽也者。余又嘗於某夜聽燕伶於某館，僅入夜六時，經已座無虛席，後來者環堵而立，幾若劇場上之聽佳劇然。[51]

廣州歌壇在 1928 年也有復蘇之勢，有些茶樓擬禮聘上述歌伶回省獻藝，《海珠星期畫報》第 8 期有文曰：

> 港中著名女伶，如燕燕、月兒、琼

51 香江客：〈郭湘文燕燕之我評〉，《天趣畫報》，第 2 期（1928 年 1 月）第 7 頁。

> 仙、飛影、郭湘文等，皆為顧曲客所稱賞。燕燕擅生喉，月兒、湘紋擅平喉，瓊仙旦喉，飛影大喉，各顯所長，高其聲價。近燕燕月兒湘紋等，受省方茶樓之聘，與市內原有歌伶相角逐，大有一決雌雄之勢也。[52]

這樣一來，郭湘文便成了「港中著名女伶」了。

廣州茶樓之所以在此時蠢蠢欲動，向港方挖角，似乎跟廣州幾個工會解散有關。另一報道說：

> 今女伶工會，及樂師所組之普賢工會均已解散，某茶居之東主，以無所牽制，乃聯合同業六家，別樹一幟，不附屬於唱書團，擬赴港以重金聘請燕燕、瓊仙、公腳秋諸伶，蒞省度曲，以與唱書團系之酒樓茶居比美。若非成為事實（「非」字疑

52 妙諦：〈香江顧曲談〉，《海珠星期畫報》，第 8 期（1928 年）第 10 頁。原文「湘文」又作「湘紋」。文中「琼仙」、「瓊仙」乃同一人。

為贅字 —— 引者），則唱女伶者，又多七家，而別家亦將接踵而起，又有衰極而盛之概矣。[53]

至於在省港兩地都未能立足的歌伶，另一個選擇是上海。儘管澳門距離較近，但由於消費能力遠遠不如上海，始終並非首選，這從歌伶白燕仔的例子可見一斑。有文曰：

蓋自白燕仔移巢于香江，欲鬻歌自給，與港四巨頭爭一席地，但僧多粥少，不能達其目的，進退維谷，一籌莫展，乃知港地無可戀，而濠鏡又非所欲，幾欲自裁，幸得相識之六嬸勸之，力慫其赴滬鬻歌，謂滬埠人煙稠密，粵僑旅此眾多，且粵商所開之茶酒樓，皆染廣州化，廣徵歌者度曲，以娛品茗客，其工值豐于省港，

53 周脩花：〈增設歌壇之醞釀〉，《海珠星期畫報》，第6期（1928年）第9頁。

> 且鐘點少，而無諸般牽制⋯⋯白燕仔聆六嬸言，其意乃決，現已抵上海，實行在滬鬻歌矣。[54]

至於在幾種報刊皆有提及的「省港班」，學者多有所論，在此暫不多贅。所謂「省港班」，「是指從清末至二十世紀三四十年代，以在廣州（省城）、香港、澳門等城市演出為主，名角比較集中，規模較大的戲班」，「為了適應大城市和國內外觀眾的需求，應對電影的激烈競爭，求得生存和發展，省港班從戲班組織到演出劇碼、音樂唱腔、表演、舞台美術等都有了很大的變革。」其出現和崛起，「標誌着粵劇的發展進入了一個新的階段，為粵劇帶來了新的變化。」[55] 顧名思義，「省港班」充分體現了省港兩地的共性，而這些主要遊走於兩地之間的戲班，在表演形式方面也的確與「落鄉班」有所區別。《非非畫報》

54 周脩花：〈白燕仔赴滬確訊〉，《海珠星期畫報》，第 5 期（1928 年）第 8-9 頁。

55 詳見《粵劇大辭典》編纂委員會編：《粵劇大辭典》，廣州：廣州出版社，2008 年，第 744 頁。

連載〈粵劇變遷談〉一文便提到：

> 從前每一齣頭（粵劇向以日戲為正本，夜戲為齣頭。夜戲例演三齣頭，演三齣後，尚有所謂成套、鼓尾等。今則落鄉班尚或依此舊例，省港班則日夜均演齣頭矣。）恒在廿五場以上，且時過三十場，今則每齣多在十五場以上，二十場以下。故從獨〔疑為「前」字〕劇本不免多閑場，今則免去此弊，而大場戲前〔疑為「則」〕多。[56]

《香花畫報》的一篇文章，也點出「省港人士」有共同的趣味，與四鄉觀眾有所不同。文曰：

> 現居省港組各班，劇員多已選定……去歲省港班，只人壽年、大羅天、新中

56 夢公：〈粵劇變遷談（四）〉。《非非畫報》，第5期（1928年11月）第29頁。

華、新景象四班而已，現屆新班，除原有四班外，則多一鈞天樂，將來或再多一寰球樂亦未可定。……

人壽年上年因箱底太重，雖有白駒榮之《泣荊花》，亦不能維持到底。後又因開演新劇太泛，尤不得觀者之歡，於是失敗。現屆新班，迫將全班重要劇員更換殆盡，不唱高調。……如此觀之，該班決不能在省港中與別班競美矣。現在各伶，聲譽非無，不過對於省港人士眼光，多屬不合，如果改為落鄉，則又敢決其掄元也。[57]

省港班的流動也牽動了戲迷奔走兩地蜂擁追星，此尤以女戲迷為甚。《海珠星期畫報》有文謂：

近日女界，染有慕優之癖者，比比皆是。……省港班中之某某天，名角頗多，

57 心帆：〈省港新組各班之我觀〉，《香花畫報》，第1期（1928年8月）第20頁。

> 故為觀者所稱賞，顧此種名角，尤為戲迷婦女所傾慕，如蟻之慕羶也。該班每赴港開演，港中婦女，先期探得消息，知諸優於某日附搭某船至港，屆輪船將抵埗時，即群聚於碼頭，鵠立以待，如專制時代群臣之恭迎聖駕……。凡諸優在省中戲院開演，下場之際，婦女輩輒競立於戲院門首以俟，亦猶接船之踴躍也。[58]

「省港班」由於其遊走兩地的靈活性，某戲班在其中一地出現競爭而一時難以立足時，會考慮在另一地先行棲身。1928 年，梅蘭芳計劃到廣州、香港兩地獻藝，對省港班造成威脅。有論者謂：

> 梅蘭芳到粵消息初布時，廣州人士之籌備迎梅者，至為忙碌，不嫌瑣碎，分述如左……（七）戲班之奔避忙：粵劇省港

58 日安：〈戲迷婦女接船熱〉，《海珠星期畫報》，第 2 期（1928 年）第 5 頁。

班，今年多至七班，而省港間有利可圖之戲院不過四五個，平時已覺壅塞，梅郎一來，全粵視線，集中于一點，粵劇苟與之同地開演，必遭失敗，于是不能不作避地之計，大羅天、鈞天樂兩班，則已定在梅在省則來港，梅在港則上省；新景象初擬破例落鄉……[59]

「梅在省則來港，梅在港則上省」——省和港，再次成為彼此的緩衝區。凡遇上要「逃之」、「避之」的場合，上省落港，總是最佳選擇。

待續：視香港為樂土可知

省港兩地使用共同的語言（口音）、共享飲食和視聽娛樂的品味，共同散發一種臭味相投的都會氣息。從更實際的層面看，省港兩地也在很多方面發揮

59 愛梅（寄自廣州）：〈廣州人之迎梅忙〉，《非非畫報》，第 5 期（1928 年 11 月）第 30 頁。

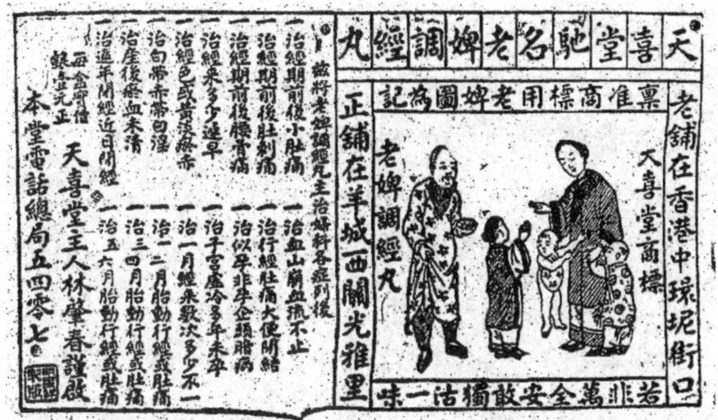

圖 2.4　這種同列省港兩鋪的商品廣告，在以前的報章觸目皆是。《華字日報》1930 年 4 月 11 日。

着互利協作的作用。翻閱 1947 年出版的《香港工廠調查》，便可以發現許多所謂「香港工廠」製造的商品，往往都在省港兩地的中心地帶設舖，在偏遠地區設廠。例如，標榜「唯一國貨」的大華鉛筆，香港事務所在國民行五樓，港廠在九龍青山道，粵廠在廣州河南南華中路。陳李濟藥行，總行和總廠在廣州市漢民北路（即今北京路），支行在香港皇后大道中，分廠在香港堅尼地城。關於兩地這種分工，陳李濟的解釋最是清楚——「廣州總行負責供應國內各地的市場，香港支店分廠則為國外各地的貿易基地，凡有華僑所到的歐美各城市，香港分廠的出品，也有輸到，以供需求」。陳李濟又於 1937 年在星洲（新加坡）設支店，專門接洽南洋生意。[60]

然而，雖說省港兩地有許多共同點和互惠互利之處，而過去兩地人們的身份認同有時也難分彼此，但兩地的制度性差異，也為時人所體察。早在 1923 年，便有人在《華字日報》發表一篇題為〈與客論省

60 王楚瑩：《香港工廠調查》，香港：南僑新聞企業公司出版，1947 年。

港比較〉的論説，謂：

昨某君自省來，往遊九龍油蔴地等處，歸乃為余言曰：廣州市向稱為模範省的首都，近來築馬路，設公園，田土廳，壹舉壹動，僉模仿香港，由今觀之，模範省叁字，有愧色矣。予曰：居〔疑為贅字〕，吾且與汝言香港，香港在數十年前，壹荒島耳，□今觀昔，何衹天堂地獄之懸殊？推其所以致此之原因，壹由於西人辦事之認真。蓋西人每開闢壹地，必首先注意於道路之交通，務使瓦礫之場，變為康莊，雖犧牲鉅資，亦所不惜，其計劃在久遠，而非斤斤於目前；在公眾之利益，而非沾沾於財政之收入，故每闢壹地，必貫澈〔原文如此〕其目的而後已。壹由於近十餘年來，中國內地，幾於無時不亂，無地不亂，中上流社會，固以香港為世外之桃源，而資本家之投資，又爭以香港為宣洩之尾閭。極言之，得輦其金錢，□諸港地銀行，在內地富翁視之，已不啻如天之福，則視香港為樂土可知，此亦港地發達之壹大原因。[61]

重要的話説三遍。同治《南海縣誌》説人們「樂居香港」；上環文武廟光緒年間碑記説人們把香港「視為樂土」，1923年這篇論説文章，道出了各種裏裏外外的因素，教富翁「視香港為樂土」，這是「港地」——「香港地」——之所以發達的重要原因。

但我們且莫急於自滿，香港地如果沒有上海灘，是無法煥發出後來的光芒的。來，我們坐上大郵船，去一趟上海。

61 福星：〈與客論省港比較〉，《華字日報》1923年9月27日。

第三章

上海灘

上回〈香港地〉説到歌伶白燕仔 1928 年以上海人煙稠密，「粵僑旅此眾多，且粵商所開之茶酒樓，皆染廣州化」、「工值豐於省港」，乃決「赴滬鬻歌」。為什麼粵曲當時在上海會有市場呢？答案很簡單，就是上海從 1843 年開埠伊始，到二十世紀五十年代，粵籍人口一直有增無減。據估計，至 1934 年左右，旅滬粵人「大約有三十萬餘人之多」。[1] 儘管廣州一口通商的地位在鴉片戰爭後告一段落，但隨着其他通商口岸陸續開放，在廣州和澳門與西洋人打交道數個世紀的粵人，不少去了上海、天津等地，大展拳腳。

1 見林輝鋒：〈廣幫與潮幫：晚清旅滬粵商管窺〉，《中山大學學報（社會科學版）》，第 44 卷第 5 期，2004 年，第 95－99 頁，其 1934 年的旅滬粵人數字引自當年的《廣東旅滬同鄉會月刊》，林文對清末民國年間旅滬粵人的數量有比較詳細的考察，估算也較謹慎。

上海成為香港以外，另一個傳播「粵式文化」的新埠頭。

十九世紀中後期，粵商在上海經營着各式各樣的生意。當時上海許多洋行的買辦和通事，也多為粵人；甚至一些社會地位較低的工種如工匠、船匠，以至「細崽」、「西崽」（在廣州稱為「事仔」）等，都為粵人所盤踞。歷任中國各地海關稅務司的馬士（H. B. Morse, 1855－1934），在太平天國事變前後寓居上海。他事後回顧這段歷史，謂某外國商人跟他談到事變期間消息傳遞的情況說：「我的童僕是個廣東人，他從一個掌櫃聽聞某個買辦的職員的消息，他們也是廣東人；後者的消息從東門旁的老銀號老闆處得知，他是個廣東人；這個廣東商人的消息乃從城內另一個廣東人那裏聽來，那個廣東人是三合會的成員！」[2]

---

2 Hosea Ballou Morse, *In the days of the Taipings, Being the Recollections of Ting Kienchang, otherwise Meisun, sometime Scoutmaster and Captain in the Ever-Victorious Army and Interpreter-in-Chief to General Ward and General Gordon: An historical Retrospect*, Salem, Mass.: The Essex Institute, 1927, pp. 40-41.「廣東人」在原文中的用詞是 Cantonese。

廣東商人在上海勢力日隆，陸續建立起各種同鄉、同業和其他類型的組織。其中較有影響力的，是廣肇公所與精武體育會。同治十一年（1872）由廣東商人徐潤、葉顧之、潘爵臣、唐景星倡建的廣肇公所，是廣州、肇慶兩府人士在上海最有勢力的商人組織。[3] 創辦於 1910 年的上海精武體育會，儘管奉河北人霍元甲為宗師，但霍在精武會創辦前一年已去世，會務實際上由粵、滬商人主導，其中又以粵人為主。在長年主持精武會的三位核心成員 —— 陳公哲、盧煒昌、姚蟾伯 —— 當中，陳和盧都是廣東香山（後改名「中山」）人，在滬從事五金生意；姚是江蘇吳縣人，經營顏料業。他們三人被時人稱為「精武三公司」，也是以當時香山人在上海開辦的三家百貨公

3 清代廣州、肇慶兩府，基本上涵蓋了廣東省以粵語為主要口語的縣份，但廣肇公所的成員主要來自廣州府。廣肇公所的創辦情況見《上海廣肇公所略歷》（1950 年），上海市檔案館藏，上海市公所會館山莊聯合會暨各公所、會館、山莊，Q118/12/140/9；又參見宋鑽友：〈一個傳統組織在城市近代化中作用 —— 上海廣肇公所初探〉，《史林》，1996 年第 4 期，第 54－66 頁。

司——永安、先施、新新「三大公司」——為借喻。[4]

粵籍人口和粵幫組織在滬的勢力不可小覷，由是也形成了一個龐大的粵聲產品生產空間和消費市場，除了傳統的現場演出外，從二十世紀十至三十年代，更陸續出現通過新技術製作和傳播的聲影產品——留聲唱片、廣播，以及有聲電影。當時留聲唱片和有聲電影的製作中心，哪怕是粵聲產品，都不在廣州，不在香港，而在上海。下文會談到，上海在這方面的角色，不止在複製和量產，亦在於激發靈感與創造新聲。

粵班京班，官話白話

粵商在上海既資本雄厚，其贊助的文娛活動，亦有聲有色。據稱，早在同治十一年（1862），就有一

4　關於盧、姚、陳三人的情況，見陳鐵生編：《精武本紀》，序於1919年，台北：逸文武術文化有限公司影印出版，2008年，第9、171－175頁；陳公哲：《精武會五十年》，瀋陽：春風文藝出版社，2001年（1957年香港初版）；《精武體育會史料選》，《檔案與史學》，1998年第1期，第21頁。

個叫「童伶上元班」的廣東戲班來上海演出。[5] 時人陳無我在其《老上海三十年見聞錄》謂：「光緒丁酉、戊戌間（引者按：即1897－1898年間），寶善街有同慶茶園，係粵東富貴名班，……惟係粵調，故座客亦粵籍居多」。[6] 宋鑽友指出，1919年至1937年間，上海粵劇上演次數頻繁，來滬演員和戲班名氣之高，堪稱高峰期。1919年，上海四川北路的上海大戲院，聘請以李雪芳為台柱的廣東戲班「群芳豔影」來滬演出，掀起熱潮，使旅滬粵商看到了投資戲院組織演出有利可圖，遂建立「廣舞臺」，1920年竣工，自此粵班在上海有了一個固定的演出場所。[7] 1928年，又有廣東大戲院竣工。二三十年代，省港粵劇戲班到滬上

---

5 姜斌：〈舊上海的廣東戲〉，載廣州市政協文史資料研究委員會、粵劇研究中心合編：《粵劇春秋》（廣州文史資料第42輯），廣州：廣東人民出版社，1990年，第107－108頁；原載1988年12月19日的《廣州日報》。

6 陳無我：《老上海三十年見聞錄》，上海：上海書店出版社，1997年，第74頁。

7 參見宋鑽友：〈粵劇在舊上海的演出〉，《史林》，1994年第1期，第64－70頁。又見草將：〈粵坤班競爭之精神〉，《申報》，1925年2月17日，第7版。

演出者，多達二十多個。[8] 此外，當時粵商在上海開設的百貨公司，都設有自身的粵劇團或粵樂隊，包括先施公司組織的「先施職員粵劇團」和新新公司的粵樂組和粵劇組。[9] 隨着抗日戰爭爆發，上海淪陷，這些活動大多偃旗息鼓，[10] 但遲至五十年代初，上海仍有一些粵劇和粵樂活動，獲總經理郭琳爽支持的永安公司永安樂社，便是一例。[11]

二十世紀二十年代已成為全國文化中心的上海，彙聚了來自不同地方的戲曲和音樂，時刻激發着各

---

8 「廣舞臺」邀請廣東戲班到滬演出情況，可見於佚名：〈廣東名角紛紛來滬〉，《申報》，1923 年 2 月 8 日。

9 安然：〈先施職員演粵劇〉，《申報》，1925 年 1 月 15 日；《私營上海新新公司業餘社團 —— 文體等組織，壁畫隊、足球隊、籃球隊、國術隊、游泳隊、同人〈旬報〉、話劇組、平劇組、歌詠隊、消防隊、青年會》（約 1944－1949 年），上海市檔案館藏，新新股份有限公司，Q226/1/50。

10 上揭宋鑽友〈粵劇在舊上海的演出〉一文指出，1938 年秋，香港的粵劇協會作出了一項決定，禁止劇協會員和劇團到淪陷區演出，從此便很少有劇團到滬，上海粵劇演出的高峰期由此結束。

11 《公私合營永安公司永安樂社及廣肇公所往來信件》（1948－1951 年），又見《上海廣肇公所教育經費籌募委員會敦請永安樂社義演特輯》（1950 年 11 月，1952 年 2 月），上海市檔案館藏，上海永安股份有限公司檔案，Q225/2/7。

門各派藝術之間的交流。李雪芳至滬上演出時，「滬人觀客居十之六」，後來另一個粵班坤角西麗霞蒞滬時，「滬人亦多往觀」。[12] 必須注意的是，二十世紀二十年代的粵班仍有不少沿用官話演出，這或許也是當時的粵劇比較容易讓非廣東人理解和欣賞的原因。以 1924 年為例，多個粵班在上海演出，事後在《申報》都登有劇評，從中可見，當時粵劇仍然是官話和粵語混雜的。在《申報》上刊登之〈評粵劇「萬古佳人」〉中，就有這樣的描述：

> 張文俠去俞禮士⋯⋯二簧一段，多用粵語，唱至「胡笳陣陣萬馬奔騰」及「我係英雄氣短兒女情癡」二句，吞吐自如，字字咬線。[13]

類似的例子，還可見於另一位作者對千歲鶴演《拐賣庶母》的評論：

---

12 草將：〈粵坤班競爭之精神〉，《申報》，1925 年 2 月 17 日。

13 潔貞女士：〈評粵劇「萬古佳人」〉，《申報》，1924 年 2 月 15 日。

> 是劇橋段甚短，不見若何佳妙，千歲鶴去張袋，為劇中之主角，唱情絕妙，僅拉車一場之二簧而已，予意末場，盡可加入一段白話慢中板，藉資勸世，實較拉車時借題發揮之議論之為愈也。[14]

這同一位作者，在評千歲鶴演的「新」粵劇時，又說：

> 豆皮元之樑上君子，出場所唱之慢板，詞句絕長，全屬白話，能將時事，譜入曲詞，最為觀眾所激賞者，歷訴年來軍閥殃民禍國之種種罪狀。[15]

用白話唱曲，方便將時事譜入曲詞，借題發揮，

---

14 光磊室主：〈千歲鶴之「拐賣庶母」〉，《申報》，1924 年 3 月 3 日。

15 光磊室主：〈千歲鶴演新粵劇（二）〉，《申報》，1924 年 4 月 11 日。三段引文中提到的「二簧」（也寫作「二黃」）、「中板」和「慢板」，於粵曲而言，皆屬板腔體，是外來聲腔，唱傳統曲目時都是用官話唱的。

大罵軍閥。這裏的「白話」，就是指粵語，而且只能是用廣州白話西關音的聲調演唱和道白，方能符合音韻。

二十世紀二十年代中的粵劇正處於官話粵語混雜的階段，並且已經開始有粵語成分逐漸凌駕官話之勢。其實，除卻語言的轉變外，治粵劇史者早已指出，時至二三十年代，粵劇在劇本、唱腔和功架各方面也發生了重大的變革。[16] 這些變革與廣東戲班的伶人經常往來於上海和其他粵人聚居的城市，有更多機會觀摩外省劇種，特別是京劇的演出，有相當密切的關係。

與此同時，在滬粵人的其他歌舞活動，也會用一些譜子填詞，用粵語演唱。例如，上海精武會設計的《滑稽舞歌》，便用了《柳搖金》的譜子，填上看來微言大義的歌詞，首句謂「三星旗招展，盾形章堂皇大精武，為我邦家之光」，[17] 然後洋洋兩百多字，

16 參見賴伯疆、黃鏡明：《粵劇史》，北京：中國戲劇出版社，1988 年，第 2 章。

17 佚名：〈滑稽舞歌〉，阮原編輯：《怡保精武二周年紀念特刊》，「遊藝」第 21－22 頁。

大談這套給小孩表演的滑稽歌舞，實為變相的「國操」，於挽救祖國學術大有關係。姑勿論內容如何，懂得《柳搖金》譜子的讀者，會注意到歌詞的粵語平仄與《柳搖金》音韻多不吻合。可見，粵人以粵語填詞，使歌曲「粵化」，也須假以時日才能趨於成熟。

其實，用現成譜子填詞，為粵班演出的大戲在板腔體之外注入新的調子，做法由來已久。從現存的清末民初廣東戲班班本所見，較早期的劇本，偶然會插入外江小調，常見者有《仙花調》（有時又寫成《鮮花調》）、《送情郎》、《紅繡鞋》、《茉莉花》等。[18] 因此，在二十世紀十至二十年代出版的各種粵曲曲譜中，這些外江小調也會被收錄進去。[19] 不過，根據現

---

18 見《百里奚會妻》卷下，第 2 頁，五桂堂版，出版年不詳。粵樂研究者黎田說，《百里奚會妻》屬清末民初「八大曲本」之一，其中第三段的開頭，連續使用了《仙花調》、《送情郎》和《紅繡鞋》三首小調（見黎田：〈正本清源，還粵樂本來面目 —— 對粵樂三個問題的剖析〉，載廣東炎黃文化研究會編：《粵韻香飄 —— 呂文成與廣東音樂論集》，澳門：澳門出版社，2004 年，第 160 頁）。筆者所見的五桂堂（總局設在廣州市第七甫，分局在香港文武街）版的《百里奚會妻》，則只有《鮮花調》。

19 例如 1924 年上海百代公司出版的《粵伶秘本．名曲大全》裏，就有《仙花調》、《剪剪花》等曲目，見該書第 71、75 頁。

存的《仙花調》樂譜，可見早年用外來調子譜寫的歌詞，是不符合粵語平仄的。這種不合聲韻的現象，至遲在新月唱片公司於1926年灌製的用舊曲譜上新詞的《快活生涯》和《柳搖詞》中，仍然存在。

從二十世紀三十至四十年代配合當時推出的粵曲唱片印製的曲譜可見，秉承過去吸納外江小調的傳統，新撰的粵曲又大量引入新興的國語時代曲。其中，黎錦暉在上海創作、被衛道之士認為屬「黃色歌曲」的國語時代曲《毛毛雨》，在三四十年代創作的粵曲中屢被採用。翻閱1944年出版的《播音名曲選》，順手拈來，就至少有三首粵曲是加入了用《毛毛雨》譜就的小曲的，[20] 而其他採用了二十至四十年代創作的廣東音樂和國語時代曲的粵曲的例子，更是不勝枚舉，如《杜宇啼紅》一曲，便用了《平湖秋月》和《何日君再來》；《富士山之戀》採用了《月兒彎彎照九州》；《籠中小鳥》採用了《何日君再來》；《還君嬌子在龍城》用了《秋水伊人》。從其歌詞所見，此

---

20 這三首小曲是《閨怨》、《憶王孫》和《長生殿》，胡澤枌主編：《播音名曲選》（廣州：協榮印書館出版，序於1944年），第61、65–66、109頁）。

時譜入國語時代曲的粵語歌詞，是按照粵語的平仄聲韻來填寫的。例如《閨怨》一曲採用了《毛毛雨》的音樂填上粵語歌詞，歌詞曰：

> 雨紛紛，蝶蜂無痕；絕花心，早教締盟；蒼髮，漸老紅裙；花開，蝶蜂爭吻。[21]

假若熟悉《毛毛雨》的旋律，把上述歌詞用粵語唱出，便知道這是符合粵語平仄聲韻的。粵曲的粵語特色，也在此時得到前所未有的發揮，而譜子和旋律，不少都生於上海。

粵樂國樂，眾聲同樂

如果說戲曲可能會因為方言不同而造成一些交流障礙的話，純粹的音樂就應該較少「省界」或「國界」之別，而更易於互相借鑒了。匯聚在上海的粵籍

---

21 見胡澤枌主編：《播音名曲選》，第 52、61 頁；另見《最新錄音粵曲皇上皇》，編者、出版年地不詳，第 159、220、463 頁。

音樂玩家，在與來自其他地方的樂手頻繁交流的過程中，同時也在改造和創製自身的地域文化，編撰出被認為「粵味十足」的廣東音樂來。當時上海各種音樂活動，每每「眾樂齊鳴」，只要一瞥各種「同樂會」的節目單，就彷彿聆聽到當年豐富的樂音。1920 年 6 月，上海青年會舉辦音樂會，據説便是「鑼鼓喇吹笙簫管笛，無不齊全，集古今中外音樂於一堂，開海上從古未有之創舉」。[22]

粵人主導的上海工界協進會「鑒於多數工人向少高尚完善之娛樂方法，因特自行籌款組織」工界音樂部，「置有西樂、鼓樂、京樂、滬樂、粵樂種種」。[23] 以粵人為主的中華音樂會，演出活動也不拘泥於粵樂，1923 年舉辦春季同樂會，節目便包括合奏粵樂、京曲、絲竹、古調、梵唱、胡琴合奏、彈箏、銅線琴、粵曲等。[24] 同年 12 月上海精武會舉辦的遊藝會，節目有銅樂、報告、粵曲《山東響馬》、古樂《梅

22 佚名：〈青年會音樂大會秩序〉，《申報》，1920 年 6 月 12 日。
23 佚名：〈工界音樂部之同樂會〉，《廣肇週報》，第 53 期，1920 年 11 月 28 日，第 9 頁。
24 佚名：〈中華音樂會同樂會紀〉，《申報》，1923 年 4 月 10 日。

花三弄》、《滑稽跳舞》、大同樂《三級浪》、國技、優秀舞、粵曲《閨怨》、韓江絲竹（由潮州音樂會演出）、西調《野玫瑰》、《劍舞》（調拍《到春來》）、滑稽歌舞、粵曲《瀟湘琴怨》、京劇《拾黃金》。中華音樂會的主導者實為精武體育會的成員，據精武會的官方刊物《中央》報道，在這兩晚的活動中，「山東人江蘇人，差不多佔三分之一，亦無一不滿意者，只聽得那些非廣東人說道：我們雖非廣東人，然亦覺得殊為動聽云云」。[25]

在這些場合中，各種源自不同地方的音樂，一方面因為有了更多混雜交流的機會而有可能發生變化；另一方面，其本來不一定十分明顯的地域標籤，也在這種更能意識到你我之別的情境中得到強化。據揚琴演奏家項祖華稱，在他師傅任晦初活躍的 1920 年代，上海除了「中華音樂會」外，還有「文明雅集」、「清平集」、「鈞天集」、「雅歌集」等絲竹樂社，這些樂社當時曾在上海城隍廟舉行首次彙集各地絲竹高

25 陳鐵笙：〈聽歌雜記〉，《中央》，第 36 期，1924 年 1 月 1 日，第 39－40、42 頁，上海市檔案館藏，上海精武體育會，Q/401/10/36。

手的空前盛會。項祖華認為，廣東音樂的創作與演奏，從江南絲竹中吸收借鑒，與任晦初的傳播分不開。呂文成創作的代表作品《平湖秋月》，以杭州西湖的著名景觀命名，乃受益於江南絲竹樂曲《中花六板》的啟發，借鑒了該曲的內在元素，加以變化發展而成。[26] 據在香港跟過呂文成學習拉奏椰胡的何晃憶述，呂文成曾經當面向他證實，「《平湖秋月》不是我呂文成所作的，只能算我呂文成根據江南小曲加花變奏而成，説是我呂文成改編可以。」[27]

生於中山，長於上海，終老在香港的呂文成（1898－1981），就是在上海這個混雜的音樂環境中成長的近代廣東音樂宗師。呂文成小時隨父到上海，1908 年入讀廣肇義學，二十一歲時參加了上海精武體育會及儉德儲蓄會的粵樂隊，同時也是中華音樂會

26 項祖華：〈國樂瑰寶，星空燦爍 —— 紀念呂文成誕辰 105 周年〉，載廣東炎黃文化研究會編：《粵韻香飄 —— 呂文成與廣東音樂論集》，第 185 頁。

27 何晃 1934 年生於廣東開平，十歲時抗日戰爭最後階段，參加鄉團自衛隊少年哨組，抗戰勝利後到香港同濟中學讀書，跟堂兄學習理髮手藝，在該段期間認識呂文成。見余其偉：〈關於粵樂的一些「活史料」—— 何晃談呂文成及其他〉，《廣東藝術》，2002 年第 3 期，第 43 頁。

會員，與甘時雨、陳鐵生、司徒夢巖、錢廣仁、尹自重、何大傻等人，經常在上海中央大會堂、精武體育會、廣東大戲院、虹口基督教青年會演出，又常到廣州、武漢、北京、天津、香港等地表演。[28] 二十世紀二十年代，呂文成譽滿省港澳滬，不時在各地演出。1925 年《申報》《遊藝叢刊》闢「音樂號」，向呂文成約稿，呂於 5 月發表〈銅線琴與二胡之奏法〉一文，指出「銅線琴本產自揚州，今則成為重要粵樂之一矣」，並略論演奏銅線琴與二胡當注意的技巧。[29] 同年 11 月，《華字日報》報道「上海音樂大家呂君文成抵港消息」，說「港中人士之曾聽呂君唱片者，莫不以親聆呂君之藝術及一瞻其手采為快」。[30] 香港中央圖書館藏有一本由香港商務印書館代印的名為《呂文成琴譜》的冊子，標榜呂文成為「新派粵曲大家」，

---

28 林韻：〈我國樂壇上一位傑出的民族音樂家〉，載廣東省民間音樂研究室編：《呂文成廣東音樂曲選》，北京：人民音樂出版社，1990 年，第 6 頁；廣東炎黃文化研究會編：《粵韻香飄 —— 呂文成與廣東音樂論集》，第 57、263 頁。

29 呂文成：〈銅線琴與二胡之奏法〉，《申報》，1925 年 5 月 18 日。

30 〈音樂大家呂文成君之應酧忙〉，《華字日報》，1925 年 11 月 27 日。

並刊載呂文成的贈照，很可能是有人趁他此段訪港期間出版以求一紙風行的。[31]

呂文成青壯年時期主要在上海渡過，他的例子充分說明，地方藝術的產生過程，充滿着許多悖論——不少經典的「廣東音樂」，是在上海孕育的。有論者甚至認為，「廣東音樂」是上海的「外省人」首先叫出來的；也有人說，原來只有「玩音樂」、「奏譜子」的說法，以「粵樂」冠名的曲譜，是後來才出現的。[32] 這些說法都有待進一步考證，但從以下精武會會員陳鐵生對 1924 年精武會舉辦的某次遊藝會所作的評述看來，我們至少可以說，「粵樂」或「廣東音樂」一詞在當時已是一個慣用語，而且逐漸得到上海人的認識以至認可。陳鐵生對「廣東音樂」採用了一個廣義的定義，將之分成「廣州」和「潮州」兩

---

31 此書是「南中公司特刊」，收入了呂文成經常演唱的《瀟湘琴怨》和演奏的古調《絮花落》樂譜，以及十多首包括《燕子樓》在內的舊曲，但皆有詞無譜，由香港商務印書館代印，出版年份不詳。此書除有呂文成的照片外，還印有女明星張織雲的照片，未知何因，很可能並非呂文成本人編撰出版的。香港中央圖書館藏。

32 見廣東炎黃文化研究會編：《粵韻香飄 —— 呂文成與廣東音樂論集》，第 100、173 頁。

類，謂：

> 我們廣東音樂，廣州、潮州，分為兩派。從前上海人，不知我們廣東音樂為何物，自甘時雨、呂文成、陳慧卿輩出，奏於精武各會場後，而非廣東人乃知廣州音樂之價值；自郭唯一輩出奏於市政廳，然後非廣東人，知潮州音樂之價值。[33]

必須指出的是，當時精武體育會和中華音樂會等團體在上海的粵樂創作和實踐活動，是在一個探索何謂「國樂」的大語境中進行的。呂文成在上述〈銅線琴與二胡之奏法〉一文中，表達了「吾國音樂，種類之繁，冠於全世界，設能研究而整頓之，微特可以發揚國光，抑且保存國粹，勿令失傳，固較競尚西樂之計為得也」之願望。1923 年，精武會國文書記兼音樂部主任陳鐵生編就了《新樂府》一書，也嘗試把類

---

33 陳鐵笙：〈聽歌雜記〉，《中央》，第 36 期，1924 年 1 月 1 日，「紀事」，第 42 頁，上海市檔案館藏，上海精武體育會，Q/401/10/36。

似的主張付諸實踐。[34] 與此同時，1923 年在上海成立的「大同樂會」，也是致力於國樂的研究與改良，從樂器、樂律、樂理各個方面，企求達致中西音樂之大同。[35] 至於在香港，則有丘鶴儔從 1916 年至 1934 年間出版了七部粵樂教本，並嘗試將粵樂重新定位為「國樂」，[36] 均屬異曲同工之舉。

在這種中西樂共冶一爐的情景中，西方樂器也被應用到粵曲的伴奏上，其中，從美國麻省理工學院留學歸來的司徒夢巖，扮演了至為關鍵的角色。司徒夢巖以擅奏小提琴著稱，在精武會於 1919 年增設的遊藝部中，擔任「歐絃教授」，經常與其他精武會成員公開演出。司徒早期演奏的多為簡單的西方曲目，

34 陳鐵生編：《新樂府》，上海，中央精武，1923 年，第 4－5 頁。

35 有關該會研製古樂器的情況，見蘭花館主：〈大同樂會新制古樂器〉，《申報》，1925 年 1 月 8 日；佚名：〈大同樂會籌備修正中西樂〉，《申報》，1924 年 2 月 13 日；玉崙：〈改良我國音樂的意見〉，《申報》，1925 年 4 月 7 日。另外一個例子是 1925 年 10 月 15 日在《申報》上刊登的李炳星撰的〈國樂改良談〉。相關研究見陳正生：〈大同樂會活動紀事〉，《交響 —— 西安音樂學院學報（季刊）》，1999 年第 2 期，第 12－16 頁。

36 詳見余少華：〈從《絃歌必讀》到《國樂新聲》：丘鶴儔的粵樂出版定位〉，《香港大學中文學報》，第 1 卷第 1 期（2023 年 2 月），第 113－143 頁。

大約從1921年底，開始演奏或與人合奏一些中國曲目。最特別的是，他在此時也開始用小提琴為既是粵樂玩家也是粵曲唱家的呂文成拍和（伴奏）傳統梆子曲《燕子樓》，並各用中西方法整理曲譜。1923年，《音樂季刊》刊登了呂文成整理的《燕子樓》工尺譜，1924年則刊登了司徒夢巖整理的五線譜。在1925年二人合作一次演出時，有評論家謂：

> 《燕子樓》一曲，詞句典麗雅馴，既善寫情，復善敘景，以視昆曲，未遑多讓。顧唱此曲者，多用弦律拍奏，雖覺佳妙，然總嫌過於嘈雜而激越，遠不及用洋琴清唱，較為雅韻嚮逸，而耐聽也。昨聆中華音樂會會員呂文成君之唱片，即純以洋琴拍奏清唱者，實獲我心，復助以司徒夢巖君之梵亞鈴拍和，尤覺清婉悅耳。[37]

---

37 月池：〈紀呂文成之「燕子樓」唱片〉，《申報》，1925年1月16日。

上文所謂用「絃律」拍奏，指的應該是以前用二絃伴奏，所以「過於嘈雜而激越」，用「洋琴」（即揚琴）和「梵亞鈴」（小提琴）拍和，則更為悅耳。直到今天，在粵曲粵劇的伴奏樂器中，小提琴與高胡並駕齊驅，佔有「頭架」（領奏）地位，並且繼續稱為「梵鈴」（此處「鈴」字用粵語作仄聲唸）。在二十世紀二十年代，不論是粵曲的聲腔，抑或是伴奏粵曲的西方樂器，都經歷了一個「粵化」的過程，當中有不少環節，是在上海發生的。

留聲灌片，廣播擴音

灌製唱片和無線電廣播等現代的技術手段，進一步把已經逐漸形成自身特色的粵曲和粵樂發揚傳播。早在 1905 年，上海的英商謀得利有限公司便代理英美廠商出售「京調、徽曲、廣調、昆腔、梆子、各省小曲、洋操時調」等唱片，這裏所謂「廣調」，可能是指粵班演唱的戲曲，也可能是指用粵語唱的歌謠。時至二十世紀二十年代，上海是外國唱片公司最集中的中國城市，百代、壁架、物克多、蓓開等皆在上海設廠或分部，早期大多在國外製片，爾後輸入中國銷售，主要的銷售渠道，是上海的粵資百貨公司如先施、永安等。[38] 正由於廣播技術和人才都集中在上海，粵曲粵樂的錄製，不少都在上海進行。其中一個最顯著的例子，是大中華留聲唱片公司和新月留聲機唱片公司。[39]

「大中華留聲唱片公司」前身為「中國留聲機器公司」，1923 年在上海成立。[40] 該公司標榜自己屬完全華商資本，向國民政府註冊，能自行灌音及製造唱片，[41] 並於 1924 年率領技師赴粵為孫中山灌錄「教訓國人演說片」。孫中山這段錄音當時到底有多少人聆聽得到，一時難以稽考，但我們可以想像，能為大中華留聲唱片公司帶來實際利潤的，是其灌製的粵曲和

---

38 宋鑽友：〈播音裏的廣東聲音 —— 兼論地域文化在上海傳播的原因〉，載程美寶、黃素娟主編：《省港澳大眾文化與都市變遷》，北京：社會科學文獻出版社，2017 年，第 18 章。

39 關於這個課題，當參考容世誠：《粵韻留聲 —— 唱片工業與廣東曲藝（1903－1953）》，香港：天地圖書公司，2006 年。

40 中國留聲機器公司成立於 1923 年之說及其演變情況，見於鄧頌角編：《新月集》，香港，新月唱片公司，1930 年，第 4 頁。

41 鄧頌角編：《新月集》，第 32 頁廣告。

粵樂唱片，其中最重要的主事者是精武會遊藝主任兼中華音樂會成員錢廣仁。錢廣仁既是粵樂玩家，也是商人，在香港、上海和廣州都開辦五金生意。[42] 1925年，錢廣仁因事到上海，呂文成邀請他參觀大中華留聲唱片公司，錢在那裏試唱了幾首粵曲，獲該公司的負責人青睞，請他灌錄唱片。錢廣仁小試啼聲後，對唱片灌錄生意萌生興趣，隨即與大中華訂了一個南方總經理的合同。1926年，據説當時身在上海經營電影事業的粵劇名伶薛覺先的鼓勵下，錢廣仁辦起了自己的「新月留聲機唱片公司」，與大中華留聲唱片公司合作，灌製了大量粵曲。1925－1926年，「適有省港罷工風潮之役，戲班不能來港演唱，而留聲機一物，遂得挺然而露厥頭角」。[43] 可見，在無法親臨現場觀賞的情況下，唱片成為解戲迷之渴的重要媒介，而由於唱片能夠重複播放，戲迷也就更容易學習，進

42 見姚蟾伯：〈遊藝會心得〉，《中央》，第2期，1922年8月1日，第25－26頁；佚名：〈乒乓比賽紀〉，《中央》，第2期，1922年8月1日，第27頁，上海市檔案館藏，上海精武體育會檔案，Q/401/10/33。

43 是我：〈論唱片之變遷與最近之要求〉，鄧頌角編：《新月集》，第18頁。

一步推動各新舊曲目的流行。

在新月留聲機唱片公司於1926－1930年間灌錄的粵曲中，有不少是「中西音樂拍和」的。例如，由「九齡神童新馬師僧」演唱的《生生猛猛》，何志強演唱的《柳搖詞》，伴奏的樂器就有小提琴、喉管、秦琴、胡琴；廣州女子歌舞團演唱的《快活生涯》，調寄《餓馬搖鈴》，也是西樂色士風（saxophone）、吐林必（即trumpet，小號）和中樂二胡、秦琴並用；歌詞夾雜粵語和英語的《壽仔拍拖》，則全然用鋼琴伴奏；描寫「戰爭時代之真景」的《太平犬》，為了達到身臨戰地的效果，作者「蔡了緣於撰此曲之前，要灌音部答應於灌片時，除中樂拍和外，更能邀西樂能手拍和，及有物可能發出槍炮炸彈等聲者，然後始肯動筆」。從曲譜所見，該曲表現的特別聲效包括槍聲、炮聲、喇叭聲、炸彈聲，以及「火船啤啤聲」，很可能也是用西樂奏出的。[44] 這些做法，與粵劇大量用西樂伴奏同步且有過之而無不及。

---

44 鄧頌角編：《新月集》，「曲譜」，第8－9、15－16、28－29、30頁。

上海當年在灌音方面累積的人才與技術，遠在香港和廣州之上。錢廣仁的新月留聲機唱片公司，名義上在香港開辦，但商標向國民政府註冊，而介紹出品的刊物《新月集》，則在香港出版。第一、二期出品的唱片的灌音工作，全部在上海進行。1927 年 8 月，上海精武會致函錢廣仁，「叫兄弟約多幾位鐘聲慈善社的同志到上海去，唱幾天廣東戲，給那裏的同鄉聽，替他們籌點款子」。1928 年 5 月，該公司第三次灌音，也是在上海進行。翌年 6 月，錢再去上海，適值廣州著名女伶梅影也在滬上，又約她錄音。這些頻繁地往來於上海、廣州和香港之間的樂師和伶人，都是錢廣仁的公司在上海進行灌音的主力。到了 1930 年，錢籌備第五期錄音，選擇在香港進行，「但港中適宜之地甚難其選」，幾經波折，才向私人借得「名園」這個地方，且要「特請滬廠派技師到港來」，才能夠完成該期的灌音工作。[45]

唱片要廣泛傳播，也有賴於電台播音。上海有粵語播音的電台，不在少數。據宋鑽友考證，自 1923

45　鄧頌角編：《新月集》，第 13－15 頁。

年上海第一家電台創辦，至1949年為止，上海的公私營電台一直播放廣東節目，當中包括粵曲、粵劇、粵樂及粵語新聞。1934年有播放廣東節目的上海電台共七家；上海淪陷期間，播放廣東節目的電台共十六家，即將近全市電台數量的一半，播送的時間也大都延長。儘管國民政府極力推動國語運動，但並沒有禁止上海粵語新聞的廣播。1941年，經營保險業務的粵商黃寅初領銜的安華電器公司廣告社，領頭租借面臨倒閉的「雷通」電台，每天播放粵曲唱片的時間長達十五小時，且大獲盈利。其後，黃寅初自創安華電台，是上海廣播史上獨一無二的純廣東方言電台，節目表只有八個字：「全日播放粵曲唱片」！[46]

上海粵語播音員更於戰後成立聯誼社，下設話劇團，出版《粵聲》雜誌，刊登有關粵語廣播的「播音家動態」和「粵曲介紹」等欄目，又把各電台節目的播放時間和負責人簡表置於「大廣東廣播節目一覽」。《粵聲》雜誌當然少不了各種粵資公司的廣

46 宋讚友：〈播音裏的廣東聲音 —— 兼論地域文化在上海傳播的原因〉，載程美寶、黃素娟主編：《省港澳大眾文化與都市變遷》，第359頁。

告——賣「奶油太妃糖」(今天一般譯為「拖肥糖」)的「冠生園」,賣沙河湯粉、魚頭雲粥、明爐燒味、全蛋細麵的「天香食品商店」,賣「十全大補丸」的「廣東鄭福蘭堂」,還有一群「海上廣東名醫」。這本在上海出版的廣播雜誌,還刊載了少量的有關廣州和香港的消息。尤其值得注意的是,《粵聲》雜誌排在最前面的文章,實為政論,第一期的文章便包括:〈是我粵僑胞表現團結的時候了〉、〈民主國之民〉、〈競選須知〉等等。[47] 由此可見,所謂「粵聲」,明顯不止是指廣播之聲,更象徵着跨越地域的粵人政論之聲。

「胡蝶粵語第一聲」

以上海為基地製作的粵聲產品,到了三十年代,還得加上有聲電影。早在 1932 年,上海天一公司看準省港及東南亞龐大的粵語市場,製作了《戰地二孤女》和《小女伶》兩部國語、粵語拷貝兼備,時人稱

47 《粵聲》,創刊號,1947 年 9 月 15 日。

作「雙簧電影」的作品。當《戰地二孤女》在1932年11月香港上演時，面對全然粵語的市場，廣告詞謂其「乃一部全部粵語局部彩色之愛國言情劇……凡我粵人，均應一看此表現吾粵光榮之廣東片」。[48] 接下來也是上海天一電影公司出品的粵劇名伶薛覺先主演的聲片《白金龍》，更讓戲院收入盤滿缽滿。香港太平戲院第二代院主源詹勳在其1934年3月1日的日記寫道：「是日影《白金龍》，非常擠擁，必要繼續放影，以利院收入，收入四場約1400元，誠破天荒也」。[49] 與此同時，太平戲院旗下太平劇團的靈魂人物馬師曾，也積極到上海籌謀投資和演出聲片，與薛覺先一樣，以其作為粵劇老倌所具備的聲音優勢，在水銀燈下大放異彩。[50]

1934年由上海明星公司拍攝、由時有「中國電影皇后」之譽的胡蝶主演的《紅船外史》，採用了當

48 〈東方太平電影消息〉，《華字日報》，1932年11月1日。

49 程美寶編：《太平戲院紀事：院主源詹勳日記選輯1926－1949》，第一卷，香港：三聯書店，2022年，第337頁。

50 關於馬師曾早期參與拍電影的消息，見〈馬師曾實行上鏡頭〉，《工商日報》，1934年8月15日。

時粵語聲片十分慣常的做法，由電影演員和粵劇演員合作，使影片具備戲曲的聲音元素，又不失電影的特性。[51] 據當時香港報章報道，明星公司「鮮有拍粵語聲片，但數月前適因日月星班到滬表演，該公司總理張石川，以胡蝶為粵人，惜未演過粵語聲片，遂決計以胡蝶主演其計劃之粵語聲片《紅船外史》，又聘得日月星班名伶在片中客串」。[52] 當時的宣傳既以胡蝶為中心，而桂名揚、謝醒儂等戲班陣容，也勢必吸引一群粵劇戲迷走入電影院。1934 年 10 月 4 日《工商日報》便以「胡蝶主演粵語聲片」為標題宣傳：

> 中國影電〔電影〕皇后胡蝶女士，最近在滬主演兩部作品，均已抵港，一部乃女士繼姊妹花主演之《三姊妹》，一部則為明星公司第一部粵語聲片《紅船外史》

---

51 由黎北海監製，麥嘯霞、周永萊導演，白玉堂主演的《良心》，廣告說「闢中國粵語粵曲聲片新紀錄，舞台紅伶與影壇明星大聯合，多角戀愛與摩登社會 X 光鏡」，見《工商晚報》，1933 年 10 月 23 日。

52 〈紅船外史聲片抵港〉，《工商日報》，1934 年 10 月 2 日。

> 也。查該片除胡蝶外，又有百粵紅伶桂名楊〔揚〕、謝醒儂、曾三多、陳錦棠等，在片中合演生平首本戲四齣，即《冰山火線》、《皇姑嫁何人》、《璇宮艷史》，及《天姬送子》，凡我粵人無不耳熟此四齣粵劇者。[53]

胡蝶的聲音，成為人們的關注所在。太平戲院院主源詹勳在看《紅船外史》的試片時，説她「操流利粵語，娓娓動聽」。[54] 該片 1934 年 10 月 10 日在香港公映時，報章頭版半版廣告，標榜是「全部粵語粵曲有聲國產鉅製」、「粵劇紅伶大會串，胡蝶粵語第一聲」！[55] 公映後報章的評論説，胡蝶的「嬌脆鶯聲，唱粵曲，説粵語為最悦耳動聽」。[56] 在默片時代，觀

---

53 〈胡蝶主演粵語聲片〉，《工商日報》，1934 年 10 月 4 日。

54 程美寶編：《太平戲院紀事：院主源詹勳日記選輯 1926－1949》，第一卷，第 378 頁。

55 見《工商日報》，1934 年 10 月 10 日頭版半版廣告宣傳語，10 月 9 日的廣告更是頭版全版。

56 〈紅船外史捲土重來〉，《工商日報》，1934 年 12 月 1 日。

眾看到的是一個無聲的中國電影皇后胡蝶。到了聲片時代，她的「粵語第一聲」，變成大賣點，而且是在上海生產的！

當時活躍於上海的電影人員來自五湖四海，有不少是廣東人，一旦要拍國語片，國語能力成了莫大的挑戰，但胡蝶的情況得天獨厚，她在回憶錄中提到：

> 當時的電影演員以廣東人居多，如張織雲、阮玲玉，所以大家非要勤學語言不可，並要請專人教授。我在這方面卻略佔先着，因我幼年曾隨父親奔波於京奉線上，後來雖然又回廣東去住了幾年，但幼年時學得的北方話仍未忘卻。回到上海後，一開始除了北京話和廣東話以外，別的語言尚不甚了了。此外，我庶母的母親，我稱之為「姥姥」的，多年來一直跟着我們，她本是北京旗人，家裏是兩種語言同時通行的，就像英語、法語是加拿大規定的兩種官方語言一樣。所以由默片進入有聲片，由於有了這一得天獨厚的條

件，我也就順利地過渡到有聲片時代。

人的際遇有時也是很奇怪的，沒有想到，四十年代，當我重返影壇時已是在香港，那時，在香港、南洋一帶只放映粵語片，我的鄉語 —— 廣東話這時又派上了用處。[57]

粵語聲片不止流行於省港澳滬，在南洋也有一個龐大的市場，這也是上海天一公司重視粵語聲片的原因，但這是後話了。

待續：由滬至港的粵聲

把粵聲從上海帶來香港的，不止胡蝶，還有在上海電台主持節目的胡章釗。1940 年，上海新興廣播社出版《新興粵曲集》十四週年紀念特大號，刊登〈播音家胡章釗小傳〉，介紹他是「百粵九江人」、「雙

57 胡蝶口述、劉慧琴整理：《胡蝶回憶錄》，北京：文化藝術出版社，1988 年，第 53—54 頁。

圖 3.1　胡章釗照片，《新興粵曲集》第三集（十四週年紀念特大號），1940 年

舌頭百靈鳥」、「播音界怪傑」。[58] 胡章釗之後來了香港，把他的聲音運用在六十年代興起的電視廣播上，被譽為「最佳司儀」。1970 年《華僑日報》一篇關於胡章釗為香港歌劇院節目擔任司儀的報道，說他「過去曾在港、澳各大電台，及電視台等機構，當節目主持」；又說「舊日在上海，胡章釗曾個人獨力經營幾個廣播電台，並兼任上海三十多個電台的節目主持，能充分把握觀眾的心理」。[59] 這時香港觀眾看到的胡章釗，正是當年上海聽眾聽到的胡章釗。

我們都知道，四五十年代從上海來香港的，不止影藝明星，還有紡織業大王，還有電影鉅子、演員，還有各種銀行、金融、法律和教育界的專業人士。同治《南海縣誌》不早就說過，香港是人們「樂居」的嗎？荷李活道文武廟光緒年間的碑記，不是說商賈們把香港「視為樂土」嗎？這樣的觀點，不是在二十世紀二十年代香港報紙的社論再次出現嗎？的確，至

58 《新興粵曲集》，第三集（十四週年紀念特大號），1940 年，無頁碼。

59 〈最佳司儀胡章釗〉，《華僑日報》，1970 年 1 月 26 日。

二十世紀四五十年代，當上海和華南地區的人們在十字路口上決定何去何從時，不少人選擇了香港。

但我們且不要急於去五十年代的香港，讓我們仍停留在三十年代，按在上海創刊的《旅行雜誌》的介紹，走一次「香港遊程」（圖 3.2），中途在澳門稍事逗留，才結束我們這趟省港滬澳之旅。

香港遊程

第一日　自上海啓椗出發

第二日　途中

第三日　上午九時到九龍（時因潮汛關係到達時刻或有遲早）換乘渡輪至香港皇后酒店休息或自由遊覽

第四日　晨八時搭乘港粵澳汽艇公司輪北發至澳門約於午刻到達在中央酒店略事休息進午餐下午乘汽車遊覽澳門全埠

第五日　晨乘汽車出發經關閘公路先至中山港唐家灣游覽新縣政府及唐少川先生之共樂園午膳後至翠坑遊孫總理故里隨往石岐舊縣署遺址遊覽即回澳門中央酒店整理行裝於晚餐後九時乘船赴廣州

第六日　上午六時抵廣州在新亞酒店歇足進早餐後乘人力車遊覽六榕寺在寺內進素齋沿珠江長堤換渡船遊花棣遊畢返酒店晚餐後僱遊艇觀光珠江夜景

第七日　汽車遊覽觀音山中山紀念堂博物館黃花崗烈士墓白雲山

第八日　上午自由遊覽或購物下午四時二十分乘廣九路出發晚七時二十八分抵九龍換乘渡輪至港仍寓皇后酒店

第九日　汽車遊覽島市在淺水灣酒店進午餐繼續汽車遊覽跑馬地茗園等名勝改附扒山電車遊覽島巔

第十日　乘渡輪復至九龍以汽車暢遊新宋王台沙田粉嶺諸勝折回香港束裝當晚十時登郵船

第十一日　晨間啓行離港

旅費估計

（甲）頭等

每人旅費估計	單人	兩人合計	三人合計	四人合計
膳宿（港四夜澳一夜粵二夜）	八四·〇〇元	七〇·〇〇元	七〇·〇〇元	七〇·〇〇元
港澳粵間汽艇旅費	一一·〇〇元	一一·〇〇元	一一·〇〇元	一一·〇〇元
廣州至九龍頭等車票	七·二〇元	七·二〇元	七·二〇元	七·二〇元
汽車遊覽費	六〇·〇〇元	三〇·〇〇元	二〇·〇〇元	一五·〇〇元
郵船滬港頭等來回票	二三四·〇〇元	二三四·〇〇元	二三四·〇〇元	二三四·〇〇元
合計	三九六·二〇元	三五二·二〇元	三四二·二〇元	三三七·二〇元

（乙）貳等

每人旅費估計	單人	兩人合計	三人合計	四人合計
膳宿（港四夜澳一夜粵二夜）	三六·〇〇元	四二·〇〇元	四二·〇〇元	四二·〇〇元
港澳粵間汽艇旅費	一一·〇〇元	一一·〇〇元	一一·〇〇元	一一·〇〇元
廣州至九龍二等車票	四·〇〇元	四·〇〇元	四·〇〇元	四·〇〇元
汽車遊覽費	六〇·〇〇元	三〇·〇〇元	二〇·〇〇元	一五·〇〇元
郵船滬港二等來回票	一五八·〇〇元	一五八·〇〇元	一五八·〇〇元	一五八·〇〇元
合計	二六九·〇〇元	二四五·〇〇元	二三五·〇〇元	二三〇·〇〇元

圖 3.2〈香港遊程〉，《旅行雜誌》，第 8 卷第 10 號（1934 年 10 月），第 401 頁。

第四章
澳門街

來到澳門街了，滿耳聽到是什麼口音呢？應該是帶有香山（中山）口音的粵語吧。以地理行政劃分論，澳門自明代以來到十九世紀中，都是香山縣的一部分。辨析出「西關話」為粵語標準口音的波乃耶，在撰文分析澳門的語音時，文章題為 "The Hong Shan or Macao Dialect"（〈香山或澳門話〉），並開宗明義擺出澳門地處香山（... the Hong Shan district, in which it is situated）的這個大前提。[1] 波乃耶認為，據 1879 年統計澳門華人人口為 63,532 人，説其中四分三本籍香山，應不為過，而同時期在香港的香山人亦有一萬之眾，當中買辦、事仔、苦力、美國加州貨品代理皆有之。其實，在〈上海灘〉一章，也透露了這

1 James Dyer Ball, "The Hong Shan or Macao Dialect", *The China Review*, 1896, p. 501.

個事實，先施、永安、大新等百貨公司的創辦人，都是香山人。這不是由於香山人生來便很厲害，而是由於有過澳門這段幾百年與洋人打交道的歷史。

由是所謂「澳門話」，實則為香山人說的粵語，儘管間或有些詞彙受到葡萄牙人的影響，例如「颵颵」來自葡語 todo（所有），取代了「喊嚹呤」（粵語用詞，「全部」的意思），但這些外來語也流行於香山其他地區。[2] 香山人並不都講粵語，當中也有講客家或閩南語（福佬）的，但大部分人以粵語為共同語。然而，正如波乃耶指出的，這個所謂粵語（原文為"so-called Cantonese"），很多字的聲母韻母，以及聲調系統，與標準粵語有好些差異。[3] 就聲調而言，他打了一個較易理解的比喻：「這個語言的音調似乎較低，〔標準〕粵語女聲慣常的女高音聲調，似

---

2 James Dyer Ball, "The Hong Shan or Macao Dialect", *The China Review*, p. 514

3 原文是"diverge to a greater or lesser extent from the standard of correct Cantonese pronunciation"（p. 504）。

乎會降為女低音甚至是男低音的聲調。」[4] 如果我們用香山音的粵語唸本書〈開言〉裏舉例的「三碗半牛腩麵一百碟」，聲調會變成「尺合上尺合上尺上上」，與標準粵語比較，少掉了「士」（6）和「工」（3）兩個音，而老在「尺合上」（2、5、1）三個音徘徊。這個聲調系統，按問字取腔的原則，是唱不出七律俱全的粵曲的。

澳門從一個迎接洋船的小小灣泊，逐漸發展成「澳門街」，「街」固然沒有廣州「城」的行政地位，也不如香港「地」的恢宏、上海「灘」的磅礴，但既能成街，便自有茶樓酒肆、戲院歌壇，自會響起粵樂粵曲之聲。澳門人日常講的粵語，可能仍帶有香山音，但他們聽到的或者自己唱起的粵曲，用的仍然是標準廣州白話的聲調，也就是西關音。陰差陽錯，這樣的聲音，在澳門竟是在二次大戰期間最為喧鬧，和平後未幾即偃旗息鼓，歸於平淡，彷彿這才是澳門街的性格。

---

4 原文是 "... the language seems pitched on a lower key and even the usual soprano of the Cantonese female voice seems to sink to a low alto or approach almost to a bass" (p. 506)。

省城澳門，分掌內外

在本書裏，澳門街最後才登場，甚至後於上海灘，但在歷史上，澳門作為一個早期近代（early modern）的世界商埠，實則率先綻發光芒。澳門以其三面環海、直通大洋的優越的地理位置，方便停泊洋船，卸載貨物，在十六、十七世紀期間，成為歐洲各國拓展東方貿易的重要據點。《明史》〈外國列傳六·佛郎機列傳〉謂嘉靖十四年（1535），「指揮黃慶納賄，請於上官」，將市舶司「移之壕鏡，歲輸課二萬金，佛郎機遂得混入……閩、粵商人趨之若鶩」。嘉靖三十三年（1554）葡萄牙船長索薩（Leo de Sousa）與廣東海道副使汪柏達成協約，葡萄牙獲准入澳門貿易。嘉靖三十四、三十五年（1555－1556）間，更多葡萄牙商人及教士陸續抵達澳門。1559年，由於「倭寇」侵擾浙、閩並蔓延至廣東，明廷「始禁番商及夷人，毋得入廣州」，「諸澳俱廢」，一度獨剩澳門，成為唯一西洋貿易口岸，[5] 吸引了有長年海上貿易經驗

---

5 關於此時期貿易模式的轉變，參見鄭永常：《來自海洋的挑戰：明代海貿政策演變研究》，台北：稻鄉出版社，2008年，第7章。

的閩粵人士來澳作商儈、通事、買辦。香山也由是成為最主要的買辦供應地，上海開埠初期，不少買辦來自香山，並非無因。

很多人都誤讀了澳門這段歷史，說它十六世紀便被葡萄牙人租借，其實沒有。澳門自明代以來便歸香山縣管轄，遲至十九世紀，部分華人糾紛，包括與洋人爭訟的事務，仍由香山縣令審理。乾隆八年（1743），清廷在前山寨設立廣州府分防澳門軍民同知（又稱澳門海防軍民同知或簡稱澳門同知）一員，與香山知縣、縣丞，共同管理澳門事務。澳門同知獨立設置衙署，配置一定兵力，自乾隆十九年（1754）起全責控馭「夷務」。有清一代，澳門同知的委任從未間斷，至道光二十九年（1849）因澳葡當局搗毀清方駐澳各衙署，不再接受清方管轄，澳門同知改稱為前山同知，委任至宣統三年（1911）才告一段落。首任和第三任澳門同知印光任和張汝霖，卸任後合著《澳門紀略》，約於乾隆十六年（1751）完成，也表明了澳門有別於香山縣其他地區的特殊性。[6]

6 杜婉言：〈論「澳門海防軍民同知」〉，《文化雜誌》，2023 年，第 155－160 頁。

然而，不論澳門的海防和外事地位有多特殊，在澳門進行的西洋貿易，向來不能獨立於廣州，而必須有賴與內地生產和供應商聯繫緊密的廣州商人來澳，方能成事。[7] 每當葡萄牙的船隻到達澳門，廣州的商人便沿河而下到澳門洽商，他們會安排自己的子弟或合夥人分工合作，一些負責澳門事務，另一些通過帆船貿易系統到東南亞或北上赴內陸地區採購貨物，還有一些留駐廣州，專門管理洋船事務。在制度層面上，康熙年間開海禁後，設立粵、閩、浙、江四海關，其中設於康熙二十四年（1685）的粵海關稅收較多，專設監督，權責較大。粵海關大關設在省城五仙門，「東起潮州，西盡廉，南盡瓊崖」，口岸以虎門最重，澳門次之；沿河海各處設正稅口或掛號口，在澳門設的是正稅總口，且設有大關監督行署。[8] 可見在清廷的海關體系，層級鮮明，而澳門的地位亦因為

---

7 目下有關十六至十九世紀「澳門貿易」與「廣州貿易」及兩者的關係的研究，以 Paul Van Dyke（范岱克）的最為詳盡，見 Paul Van Dyke, *The Canton Trade: Life and Enterprise on the China Coast, 1700-1845* (Hong Kong: Hong Kong University Press, 2005)。

8 見梁廷枏總纂：《粵海關志》，廣州：廣東人民出版社，2002 年，卷 5。

它長年「雜處諸番，百貨流通」而與其他口岸不能同日而語。

據范岱克（Paul Van Dyke）研究，「澳門貿易」的相對獨立性，也體現在澳門維持着一套與廣州不太相同的準繩——較低的稅率、較優的銀價兌換率、不同的稅則和度量衡制度，使澳門有着比較優勢，吸引廣州商人願意付出交通的代價到澳門進行貿易，只是在清朝海關的眼中，澳門是粵海關的其中一個稅口，未必一定注意到歐洲人所謂的「澳門貿易」的特性和中外商人如何從中得益。不過，也恰恰因為澳門「率先」被葡萄牙人扯進東西貿易體系，使位於珠江口上游的廣州，獨享閩、浙、江三個海關所缺乏的外貿優勢和所需的知識。與此同時，由於廣州「省城」的政治與經濟地位以及基於控制和防禦的考慮，也使澳門在晚明清初海禁期間一度扮演的唯一的中外貿易港口的角色，始終要讓位與廣州。范岱克認為，早在十七世紀九十年代左右，廣州已形成某些貿易常規，提供了一個十分靈活的機制，讓外國商人樂於到此交易，同時又讓清廷放心，就連戶部也處處要求其他海關要按「粵例」辦事。因此，一般以為廣州「獨口通商」的地位要從乾隆二十二年（1757）清廷諭令開始算起，實際上粵海關早已在四個海關中鶴立雞群，乾隆的上諭只是把一個既成事實加以規範化而已。

澳門扮演的角色，造就了廣州的「勝出」，但廣州在貿易地位上，還是凌駕於澳門。一些中國官員曾希望乾脆把貿易中心設在澳門，但許多因素使澳門始終無法勝任——用舢板載貨行走於省城和澳門之間是不設實際的，澳葡當局也不希望澳門常駐一大批其他歐洲人。從清廷管理和控制的角度看，洋船停泊在澳門意味着要動用更多人力物力沿河巡邏，以防走私。廣州既是海港，亦是一大內河港口，因而也更容易得到內陸各種商品和與貿易相關的物資諸如包裝和造船材料的供應。澳門所發揮的緩衝和過濾作用——洋船進入十字門時，先由澳門引水人領航並向官府提供情報；乾隆二十四年（1759），廣州實施限制外國人活動的措施，禁止外商在省城住冬，洋商在非貿易的季度，必須移駐澳門。這種種措施，有助廣州監控洋人又與之保持一定距離，但這種「距離」並不等於説澳門在行政體系上獨立於廣州，它始終是清朝行政、海防以及海關體制內的一個有機組成部分。[9]

廣州和澳門在中國與西洋貿易中發揮的互補關係，至第一次鴉片戰爭後簽訂《南京條約》，發生了結構性的變化。葡萄牙政府也仿效英國政府取得香港的做法，逐步把澳門納入其正式管治。1845 年，葡萄牙單方面宣佈澳門為「自由港」；1887 年中葡雙方簽訂《中葡和好通商條約》，澳門由是正式納入葡萄牙的殖民管治。[10] 十九世紀六十年代後，澳門原來配合廣州連接中國內陸、華南地區、東南亞地區，以及歐洲的經濟體系的角色，愈來愈多由香港代替。香港開埠初期，可說是「廣州貿易」制度一時的延續，而澳門在舊體制中外貿易中的角色則逐漸淡出，從此走上另一條道路。

---

9 據吳志良、湯開建、金國平主編：《澳門編年史》，第 2 卷，廣州：廣東人民出版社，2009 年，第 936 頁。

10 據吳志良、湯開建、金國平主編：《澳門編年史》，第 4 卷，第 1612、1969 頁。

澳門下環，宛若西關

十九世紀中以來，澳門逐步加強市政建設，發展得最快的地區是「下環」。澳門半島南部東西海岸線對開，東有南環（灣），西有北環（灣），後者是歐美商船原來停泊的商港。十九世紀中後期，北環進行了大規模的填海造地工程，原來沿海的下環街遂成內街。無獨有偶，港島在十九世紀後期有「四環五約」，由東至西，分別是下環（灣仔、銅鑼灣）、中環、上環、西環，也是通過填海造地逐步發展，是當年香港最繁盛的地帶。港澳這些地帶都稱為「環」，有些同時也稱為「灣」——直到今天，香港的「銅鑼灣」仍偶爾會被稱為「銅鑼環」——表現的正是沿岸灣泊環狀的地理特徵。

自 1850 年始，澳葡政府在三巴仔和下環街一帶進行填海。填海工程完成後，下環坊街區成為華人的聚居地，以及與漁船業相關商業的集散地。1862 年三條大街一帶發生火災，澳葡政府乘機進行重整及填海，從而擴大內港商業區。華商也參與投資了填海及整治街區工程，從中獲取豐厚利潤。華商王祿於1860年至1870年間，承擔填平清平直街、福隆新街、白眼塘街一帶的工程，並修築了十多條街道。1877年至1881年間，澳葡政府在十月初五街一帶進行更大規模的填海，允許興建舖屋，所得的新街區與三條大街連結，拓展成繁盛的商業區域。華人的活動空間和居住空間增多，逐漸發展成一個以位於十月初五街的康公廟為中心的商業街區。[11] 光緒十三年（1887），澳葡政府頒佈《新訂澳門娼寮章程》，劃定福隆新街、福隆新巷、蓬萊新巷等街為開設娼寮之地，使得下環街更形興旺。

華南地區因受太平天國戰爭引發的動盪影響，香港和澳門成為許多華人的避亂之所。澳門華人人口從清道光二十二年（1842）的三萬人，增長至咸豐九年（1860）的八萬五千人。與此同時，鴉片戰爭結束後，澳門一度是販賣苦力的中心，所有這些因素都使澳門下環地區在十九世紀中後期變得異常興旺，加上

11 詳見張寶珊：〈18－19世紀下環區與澳門城市化〉，載程美寶、黃素娟主編：《省港澳大眾文化與都市變遷》，第一章。

澳葡政府開放賭博事業以徵收稅入，下環遍佈賭館、煙館、妓寨、酒樓、戲院，連同歷史較悠久的廟宇，還有慈善組織「同善堂」，整個格局，與十九世紀下半葉至二十世紀中以前香港的四環、廣州十八世紀以來的西關，幾乎一樣。

在這段期間，下環街地區居然同時存在過幾家戲院，這是今天難以想像的。曾金蓮據葡文資料發現，大約在咸豐八年至同治四年（1858－1865）間，澳門出現了首間中國戲院"Auto China"（中文名字不詳），地址大概在今天大碼頭街。今天「大碼頭街」的葡文名為"Rua do Theadro"（後寫作Rua do Teatro），應該就是由於當年曾有一戲院而得名。另一所戲院是同治七年（1868）在沙欄仔興建的"Pou-heng"（中文名字不詳，可能是「普慶」，這樣也很接近香山粵語口音）。還有一家較具規模而迄今尚存的清平戲院，是商人王祿王棣父子投資的，光緒元年（1875）全部竣工。至同治十二年（1873），澳葡政府開始廢止苦力販賣，澳門人口急劇減少，據官方刊物《澳門年鑒》記錄，當年澳門只有兩間中國戲院，分別為清平和吉祥。至十九世紀末，便僅餘清平戲院了。[12]

廟堂鑼鼓，白話戲曲

上文提到，清代至二十世紀初在省、港、滬的粵人社區中流行的戲曲，主要以官話演唱，那麼，同時期的澳門當然也沒有兩樣。澳門地方太小，一直沒有萌生於本地的戲班，但難得的是，澳門的廟宇碑刻保存了十分珍貴的戲曲資料。位於十月初五街的康真君廟，有碑記記載了同治八年（1869）的建醮儀式，請來了普天樂、丹山鳳、堯天樂、永太平、新應天彩、堯太平、盛太平、新高陞彩等戲班演戲，這些戲班還分別捐資五至十銀元（洋銀），襄助盛舉。「堯天樂」這個戲班的名字，也出現在同治十三年（1874）官府聘請的戲班名單中，[13] 這兩個戲班在同治年間所唱的

12 見曾金蓮：〈晚清澳門中國戲院初探〉，載程美寶、黃素娟主編：《省港澳大眾文化與都市變遷》，第七章。

13 據南海知縣杜鳳治《南海公廨日記》（癸酉九月立冬後一日起，第二十七本，甲戌年附，望僊行館後山氏手訂），收入在廣東省立中山圖書館、中山大學圖書館編：《清代稿鈔本》，第 1 輯第 15 冊，相關內容見第 306、308、314、316 頁。

聲腔，很可能正處於轉折期。據冼玉清〈清代六省戲班在廣東〉一文，光緒年間廣州有「堯天樂」這個班名，屬外江班，但此時的「外江班」的具體意涵是什麼，也不能簡單地顧名思義。冼玉清據二十世紀五十年代看到的十一通廣州魁巷外江梨園會館碑記考，自乾隆二十四年（1759）廣州成立「外江梨園會館」始，稱「外江班」者，即屬該會館的班子，再從所列班名及省份看，這些班子大致包括蘇、皖、贛三省的戲班，後來又加入湘班和豫班，這些戲班有唱昆腔的，有唱徽調的，也有唱脱胎自徽調（皮黃）系統的贛劇江西班和湘劇湖南班的。冼玉清指出，相對於「外江班」而言，所謂「本地班」，就是被外江梨園會館排斥的戲班，其演唱的仍然是外省戲腔，而不必然是所謂本地聲腔。另一方面，有些外江班在廣州多年，已在本地紥根，或吸納了許多本地人員，成為「落籍外江班」或「本地外江班」了。道光以降，所謂的「外江班」已有「當地語系化」的趨勢，可以想像，同治年間在澳門演出的堯天樂，有可能是唱昆腔或徽調，也有可能逐漸靠近後來「專工亂彈、秦腔及角觝之戲」的本地班。[14]

當時澳門的村落也有僱用戲班演戲，當中出現「廣班」這類名字。據《鏡海叢報》報道，光緒二十二年（1895）春，「澳門某鄉僱有廣班在村中開演各劇」，這裏的「廣班」，應該是指來自澳門以外的用桂林官話唱高腔的本地班。在當時的語境中，標榜這些被鄉村僱用的戲班是「廣班」，很可能是要跟廟宇或戲院僱請的大班或像堯天樂這類明確是外江班的戲班區分開來。

在差不多的時間，澳門也有純粹唱曲的表演活動，光緒七年（1881），澳門著名商人盧九仿照西人俱樂部方式，創設華商會所「宜安公司」，類似的還有先後於光緒七年（1881）和八年（1882）由華人合資成立的生利公司和同和公司，經營各種賭博活動，但同時也有弦歌、唱戲、宴飲等。澳門的歌姬，當時

14 見冼玉清：〈清代六省戲班在廣東〉，收入在冼玉清著，黃炳炎、賴適觀編：《冼玉清文集》，廣州：中山大學出版社，1995 年，第 264－286 頁。「堯天樂」班在光緒十二年（1886）立於省城的《重修梨園會館碑記》上以「助銀貳拾兩正」排在戲班捐款名單首位，僅次於吉廈公所。

也在珠江畫舫營生，且頗具盛名。王韜光緒年間撰《珠江花舫記》，評點珠江上歌妓的曲藝，提到「小青，字碧雲，濠鏡人，善唱《花園跑馬》、《柴房相會》，稱為河調中宿將」。[15] 這類歌曲，仍然是用官話唱的外來聲腔。

澳門和香港以其獨特的政治地位，在清末成為反清革命團體的基地，在戲曲「粵化」中扮演了一定的角色。當時，革命志士在港澳組織戲班，編演新劇，粵人通稱新劇團曰志士班。光緒三十、三十一年間（1904－1905），興中會會員程子儀、陳少白、李紀堂等創設「采南歌班」，在各鄉市及香港、澳門等處開演。其後，黃魯逸、李尚武、黃軒胄等人組織的「優天社」，更曾以澳門為基地。志士班所演劇本，每多諷刺時弊，鼓吹改良風俗，批評清廷統治，傳播革命思想，劇本創作和演出形式較不拘一格，會「串成新曲本數出，一白一唱，脱離俗套」，演出時更大量使用白話，在劇中插入演説，甚至不用鑼鼓，這在當時的職業戲班和會館看來都屬離經叛道，但也為後來粵

---

15 王韜：《淞濱瑣話》，卷十一頁七。

劇當地語系化發展作出了一些鋪墊。

時至二十世紀二十年代，在〈上海灘〉一章論及的「精武體育會」，其成員如呂文成、錢廣仁、蔡子銳等，也經常來往於省港滬澳間演出。1923 年，澳門成立了澳門精武體育會，下設音樂部。1926 年 5 月，該會在清平戲院舉行三周年慶典演出，呂文成、丘鶴儔、錢廣仁、蔡子銳、張達偉、區文祥、陳鑑波等人均有參與。其中，張達偉、陳鑑波和其他幾個朋友，又於民國二十年（1931）左右，在十月初五街創辦天籟樂廬，翌年出版《粵樂府》，收入內容包括過場曲、大調、唱曲、粵謳、南音、梵音等譜子。澳門雖小，但仍然是活躍於省港澳滬的粵樂和曲藝人士會停駐的站點。

在 1926 年澳門精武會的那次活動上，呂文成演唱了《瀟湘琴怨》和《燕子樓》，又與蔡子銳等演唱了《原來伯爺公》。該曲由蔡子銳撰寫，全用通俗的粵語白話新編。這首曲的舊錄音，我們今天在互聯網上能夠聽到，從而知道演唱「古老（古大人）」的角色是蔡子銳本人，扮演「胡運師爺」的是梵鈴高手尹自重，演「伯爺公」的是新月唱片公司的錢廣仁，而用子喉唱「自由女」角色的則是呂文成。全曲用白話演唱，與呂文成唱《燕子樓》仍用官話大不相同。[16]

二十世紀三四十年代，澳門的戲院尤其是清平戲院，也不時會上演「省港大班」的戲碼。香港太平戲院在第二代院主源詹勳主理時期，由馬師曾、譚蘭卿領銜的太平男女劇團，便多次赴澳門清平戲院演出。當時清平戲院的戲橋，標榜其「專演省港猛班」，領導當次太平劇團演出的是「萬能戲劇之王馬師曾」，演出劇目之一《梁天來》，是清末著名的「粵東慘事七屍八命冤案」，真實事件發生在清初廣州府番禺縣，其後經文藝作品包括戲曲諸多演繹。從這張戲橋可見，劇情有「雙門底扇打天來」一折，雙門底即今廣州北京路，省城的形象，就是通過這些戲曲流傳各方的。戲橋廣告又云：「很好唱工，很好幻景；很好鋪排，很好樂聲」。我們再看看在戲橋展示的樂隊

16　本節論述二十世紀初澳門戲曲和曲藝的情況，詳見文化和旅遊部民族民間文藝發展中心主編：《中國戲曲志．澳門卷》（北京：社會科學文獻出版社，2019 年）及《中國曲藝志．澳門卷》（瀋陽：春風文藝出版社，2023 年）的〈綜述〉部分。

安排，正是此時省港大班的慣常做法，即分為「中樂隊」和「西樂隊」，中樂隊以鑼鼓擊樂為主，分工清楚，但樂手名字只有單一個字；西樂隊沒有列樂器，但樂手名字則列全名，地位似乎較高，且光列名字而不列樂器，似乎也意味着這些樂手名氣夠大，誰都知道他們擅長什麼。這些樂器在戲橋上方的圖畫也繪畫得很清楚——梵鈴、吐林必（trumpet 小號）、單簧管（clarinet）、爵士鼓等等。這些樂手的名字也許對今天的讀者甚至時人來説，都不一定熟悉，但我們在下文將會談到，西樂隊員「黎寶銘」的名字，到四十年代具有某種標榜的價值，這也與粵曲的潮流變化有關（見圖 4.1）。

戰時繁華，五大天王

前文談到，二十世紀二十年代初伊始，女伶在廣州和香港兩地的酒樓茶居十分吃香，漸有取代瞽姬之勢，但澳門此時的人口和市場有限，未足以吸引女伶大量來澳謀生。在〈上海灘〉一章，提到女伶白燕仔 1928 年從廣州到香港後，因難與當紅的同行爭一

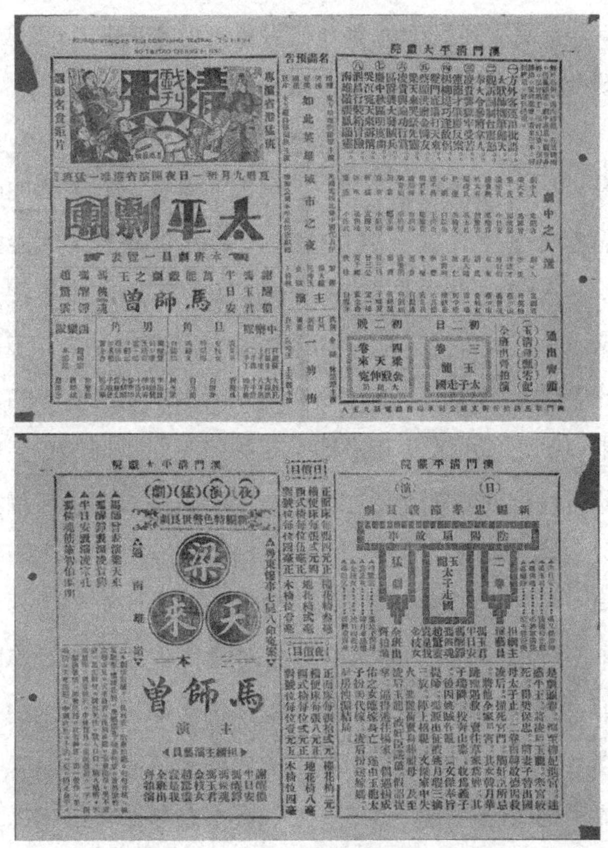
澳門清平大戲院
太平劇團
馬師曾
劇中之人選
名劇預告
如此菜館
城市之夜
初二日
初二晚
澳門清平戲院
梁天來
馬師曾
主演

圖 4.1　太平劇團赴澳門清平戲院演出的戲橋，年份不詳，香港文化博物館藏品，承蒙源碧福女士惠允使用。

席位，報紙報道其「乃知港地無可戀，而濠鏡又非所欲」，便決定到上海發展。可見對於省港歌伶來說，澳門雖近，但並非她們心儀的地方。

不過，隨着上海、廣州、香港分別於 1937 年 11 月、1938 年 10 月及 1941 年 12 月相繼淪陷，澳門因葡萄牙屬中立國，成為省港及鄰近地區華人的避難所，人口在 1939 年幾達二十五萬，至 1940 年更躍升至三十七萬多。[17] 原來活躍於省港兩地的女伶，不少此時到澳門演出，其中最負盛名者，莫過於有「四大平喉」之稱的女平喉小明星、張月兒、徐柳仙和張惠芳。徐柳仙抗戰前便在澳門演唱，抗戰時期也活躍澳門歌壇；小明星因香港淪陷，1942 年初取道澳門返回廣州，抵澳期間曾在國華戲院演唱；張月兒 1942 年至 1946 年間，在澳門多處演唱，也曾受聘於澳門中央酒店。她們在澳門期間的演出，除表演自己的首本名曲外，也有唱以抗戰為主題的新撰粵曲。原來主要活躍省港兩地的戲班，此時亦紛紛移師澳門。加上

17 古萬年、戴敏麗：《澳門及其人口演變五百年（1500 至 2000）：人口、社會及經濟探索》，澳門：澳門統計暨普查司，1998 年，第 100 頁。

二戰期間，電影片源緊缺，之前主要播放電影的戲院，不少都招攬名班駐場公演粵劇。

二十世紀四十年代初，澳門的清平、南京、平安、國華等戲院幾乎每天都有粵劇演出。1942 年至 1950 年，在澳門演出之戲班，數目之多，名角之眾，周期之密，可謂空前絕後。此時彙聚於澳門組班演出的名角如薛覺先、白駒榮、上海妹、白玉堂、新馬師曾、廖俠懷、楚岫雲、何非凡、任劍輝、何芙蓮、譚蘭卿、衛少芳、靚次伯、王中王、關德興等，皆一時無兩。其中由商人何賢出資，任劍輝、歐陽儉、陳艷儂民國三十二年（1943）底在澳門組建的新聲劇團，更時稱「班霸」。[18] 各劇團在此時也在極短時間內創作了不少新戲，在一千多個於澳門上演的劇碼中，除了一些自二十世紀二三十年代就已經名滿省港澳的劇碼外，更多的是新編劇碼。各大劇團紛紛設立劇務部，設編劇、撰曲等職位。1942 年至 1945 年短短四年間，徐若呆為當時在澳門演出的多個劇團編

18 文化和旅遊部民族民間文藝發展中心主編：《中國戲曲志．澳門卷》，第 14－15 頁。

撰了一百多個新戲，而同時期留澳的馮志芬、陳卓瑩、唐滌生等人也編撰了不少新劇。此外，不少粵劇伶人還親身參與編劇，如歐陽儉、譚蘭卿、廖俠懷、沖天鳳等。在澳門長期演出的太上劇團，1945 年更打出「萬有劇庫」廣告，每日推出新戲。有些劇本創作，甚至以發生在香港的案件為藍本，例如，平安劇團在平安戲院演《羲皇台慘案》，廣告便謂「轟動港澳，震駭全國，兩年前香港羲皇台三屍四命家庭血案」，但由於演員做手需要傳統戲服，一時無法轉換過來，廣告特意解釋說：「斯劇乃現代事跡，應以現代服裝表演，惟關於劇員表情做工，似未盡善，故仍穿舞台服裝，俾得盡量發揮其藝術，諸君見諒。」[19]

戰時澳門的粵劇舞台，把二三十年代粵劇運用大量西樂，插入時代曲，標榜新譜新腔的做法，發揮得更淋漓盡致。花旦譚蘭卿自二十年代開始與馬師曾在香港太平劇團合作，練就了一身舊工夫，此時在澳門也會偶然「高唱反線古腔」，[20] 但更多的是大唱各色

19 《大眾報》，1942 年 11 月 9 日廣告。

20 《大眾報》，1943 年 2 月 10 日廣告。

小曲，製造熱鬧堂皇的場面。她領銜的平安劇團，1942年8月在平安戲院演出《武則天》，廣告詞宣傳有「小曲七枝，有上海調（滿場飛、毛毛雨），有美國譜（熱情曲、愛的集合），有廣東歌（走馬英雄、漁歌唱晚）」，更有「慶祝武則天生辰一場儼如出秋色大會」、「擺列五彩燈色特聘名師大舞金龍銀龍紗龍」。[21] 1942年11月，平安劇團演《狐鼠氣長城》，演員有白玉堂、任劍輝、何芙蓮、鄧碧雲等，也是標榜「全部新編，小曲最多」，「有風流之《賣相思》，有諧趣之《桃花紅》，有悲哀之《迷離曲》，有香艷之《蕪錫景》，有快樂之《毛毛雨》，有輕鬆之《戲水鴛鴦》」。[22] 同團同月演出《皇姑嫁乞兒》，宣傳「小曲十二闋，枝枝動聽，其中兩枝係世界著名曲譜選擇而成，尤為出色」。[23] 1943年1月平安劇團由任劍輝領銜，謂有「小曲六枝，敦請留學意國音樂家特撰羅

---

21 《大眾報》，1942年8月27或28日（此頁報章有殘缺，具體日期未能清楚顯示）廣告。

22 《大眾報》，1942年11月3日廣告。從上下文看，《桃花紅》疑為《桃花江》之誤植。

23 《大眾報》，1942年11月26日廣告。

馬古典小曲」；[24] 演《妲己》時，說「阿安（半日安）唱俄國曲」、「阿任（任劍輝）唱上海調」。[25] 同年 4 月，三人演《嫦娥奔月》，「包羅中國五省聲調」，有《牧歌》（上海調）、《嫦娥怨》（揚州腔）、《鴛鴦江》（梧州譜）、《衿上花》（杭州曲）、《柳底鶯》（廣州譜）、《十八么》（蘇州曲）。[26]

大量小曲的運用意味着板腔體部分、牌子和舊譜要相應減少，但這種變化對世紀初入行的好些老倌是個挑戰。他們梆黃可以朗朗上口，自然合韻，但唱小曲則難以駕輕就熟。1944 年 8 月，澳門《大眾報》連發三篇文章，講述新進花旦鄧碧雲、老倌曾三多、新進文武生盧海天，如何找擅撰小曲的黎寶銘學習小曲 —— 黎寶銘這個名字，在上述清平戲院的戲橋上出現過。文章謂「阿碧自大歡喜散班後來澳加入游擊陣線，與歐陽儉任劍輝共稱風塵三傑，叁傑中阿碧年紀最少，故稱小妹妹⋯⋯在此休息期中，家居

24 《大眾報》，1943 年 1 月 25 日廣告。
25 《大眾報》，1943 年 2 月 14 日廣告。
26 《大眾報》，1943 年 4 月 9 日廣告。

無俚，除與阿父八叔不時到六國樓頭品茗及到清暑殿跳舞外，大部分時間，置力於學習小曲，日間恆見音樂家黎寶銘到阿碧家中」。曾三多「對於新腔小曲多未諳習，彼以粵班觀眾近多愛聽小曲，潮流所趨，不甘落伍，特邀音樂家黎寶銘為之指導，習之甚勤，對於唱小曲之奧妙處，謙謙下問，絕無一般老倌架子云」。盧海天「以觀眾愛聽小曲，潮流所趨，不甘落伍」，但「對於小曲之工尺譜多未熟念也」，在演出《曲線緣》一劇，內有小曲《南洋之夜》，乃向黎氏請教。[27] 這類文章雖不無宣傳之意，但也反映了小曲成為當時粵劇的潮流，對學板腔體出身的演員卻屬新事物，須從頭學起。

粵劇舞台上唱西洋曲，固然要西洋樂。嗚聲男女劇團 1943 年演出某劇時，加入了爵士鼓和聲演奏。譚蘭卿領銜的平安劇團，1943 年 11 月演新編喜劇《亂世佳人》，「重金禮聘中西音樂爵士鼓樂同拍和」。[28] 譚氏再演她與馬師曾的首本《野花香》，中西

---

27 分別見《大眾報》，1944 年 8 月 16、29 日及 9 月 4 日的文章。
28 《大眾報》，1943 年 1 月 13 及 16 日廣告。

樂隊陣容鼎盛——掌板：蘇漢英；吐林必：譚沛鋆及張漢標；梵鈴：盧家熾及羅寶生；昔士風：林兆流；揚琴：〔黎〕寶銘；電結他：崔蔚林；爵士鼓：陳卓瑩。[29] 此時的粵劇拍和人員，已不是有名無姓甚至不列名字的「棚面」，而是音樂家。白駒榮在澳門公演《客途秋恨》翌夜，「隆重其事增聘盲𠼮彈箏拍和而外，更情商『洞簫聖手』崔蔚林、『椰胡至尊』羅寶生客串，花旦王譚蘭卿亦認為此次歌樂人材大會串，實是不可多得」。[30]

的確，此時薈萃在澳門的，還有許多我們之前在上海灘碰到的音樂人才。二三十年代活躍於上海的呂文成，四十年代也在澳門一度停駐過。不過，與在上海時期作為頑家玩局，追求國樂大同等理想不同，此時的呂文成和其他粵劇粵曲從業人員一樣，排在首要的目的，無疑是生存。1943 年 11 月，呂文成、尹自重、何大傻分別以「木琴王」、「梵鈴王」和「結他

29 《大眾報》，1943 年 4 月 22 日廣告。報紙廣告上「寶銘」前脫一字，估計即黎寶銘。

30 《大眾報》，1944 年 8 月 25 日。

王」「樂界三王」標榜，在澳門利為旅酒店，聯同其他唱者演出。三人更合演《進攻女兒國》音樂劇，尹自重飾唐三藏，呂文成飾馬騮精，何大傻飾豬八戒。註明是「音樂戲劇，彩服演出，新感覺派，不用鑼鼓，音樂旋律，配合動作」。[31] 他們當時大概只打算留澳幾天，演出的節目也相當混搭，例如 1943 年 11 月 20 至 21 日在利為旅酒店的演出，既標榜他們的「三王」伎倆，包括伴奏茶舞，但也有「呂文成獨奏二胡鳥投林」、「尹自重獨奏梵鈴柳娘三醉」、「何大傻獨奏琵琶柳底鶯」等節目。[32] 11 月 27 日，他們移師中央大酒店七樓的金城大酒家午市茶廳，以當年上海「中華音樂會台柱」為號召演出。[33] 在翌年即 1944 年 11 月的報紙上，又看到他們三人連同何浪萍合稱「四大天王」，同時在中央舞廳「領導中華音樂會暨中央樂隊混合演奏」，每晚 6 時至 9 時半伴奏茶舞。[34] 其後，又移師到各家戲院包括海鏡、清平、平安、南

---

31 《華僑報》，1943 年 11 月 16 日廣告。

32 《華僑報》，1943 年 11 月 20 日廣告。

33 《華僑報》，1943 年 11 月 27－28 日廣告。

34 《華僑報》，1944 年 11 月 8－11 日廣告。

京等，負責的部分往往是「中樂茶舞」。[35]

1945年8月15日，日本宣佈投降。澳門粵劇界在8月下旬即推出徐若呆編寫的「表祝世界，和平點綴」的「非凡喜劇」《天下狂歡》，「慶祝和平祖國勝利」，劇中「仿封相排場，演大場面，各大佬倌發放狂歡笑料」。廣告不無誇張地説：「仿封相一場，忍笑不住者，即請迴避」！[36]

這些廣告話語，彷彿讓我們聽到時人的歡笑聲、歌樂聲，但狂歡至極，似乎又預示着山雨欲來。未幾，內地爆發內戰，政局持續不穩，澳門繼續是一個可以避亂的地方。呂文成等人1949年在澳門仍有露面。當年11月在中央大酒店七樓金城酒家的演出，在原來的「四大天王」上，又加上「爵士鼓王程岳威」，合稱「五大天王」，「全體拍奏詼諧名曲」。11月6日的節目，五大天王合奏「精神音樂」，既有《特別快車》（上海時期創作）和《蠔油叉燒包》，也有《餓

35 見《華僑報》，1944年11月12、15、23、25、28、29日；12月1、3–7日，12、13、15等日的廣告。

36 見《華僑報》，1945年8月23、29、30日廣告。

圖 4.2 《華僑報》1945 年 8 月 29 日廣告

圖 4.3 《大眾報》1949 年 11 月 6 日廣告

馬搖鈴》和《雨打芭蕉》。[37] 可見所謂「精神音樂」，不在於古今，而在於配器和奏法。事隔多年後，呂文成解釋，「所謂『精神音樂』是能振奮聽眾心情的，如《醒獅》、《賽龍奪錦》之類，又如輕鬆愉快的《特別快車》之類是也」。[38]

從抗戰勝利至 1955 年間，澳門各家戲院尤其是清平戲院，幾乎每週都有不同名班作一連數天的演出，除了在抗戰期間便已在澳門演出的花錦繡、覺先聲、非凡響，以及新聲劇團外，馬師曾領導的勝利劇團亦在此時網羅了何芙蓮、紅線女、羅家權、梁醒波、靚少鳳、羅劍郎等名角在澳門演出。1950 年 3 月，蓮溪廟重修落成並建醮演戲，馬師曾、紅線女、文覺非、梁醒波和羅艷卿等捐資並演出，馬師曾題書「其盛矣乎」匾額。這些名伶的名字，至今仍留在該廟的石碑上，是省港名伶五十年代最後寄寓澳門的明證。

---

37 見《大眾報》，1949 年 11 月 6 日廣告。其他關於「五大天王」的演出消息，見《大眾報》，1949 年 11 月 5—16 日廣告。

38 〈譽滿歌壇的著名音樂能手呂文成父女獻藝娛賓〉，《大公報》，1960 年 8 月 15 日，當時呂文成在九龍尖沙咀香檳酒樓主理音樂茶座。

待續：一切歸於平淡

隨着內戰結束，大量戰時寓居澳門的人也在短時間內陸續離開。1950 年，澳門人口已下降至不足十九萬，戲班、歌壇、樂隊的藝人大多離開澳門，安居何處，主要在廣州和香港兩地作出抉擇。遺留在澳門的歌樂聲，雖不復當年喧鬧，卻別有一番味道。澳門的經濟長年以博彩業為主，其他方面無甚發展，市民消費能力普遍有限，但在某程度上亦造就了澳門社會自在閒適的氛圍，這種氣氛也體現在澳門曲藝的演繹上。1950 年定居澳門的唱家李向榮，其粵曲演唱便以沉鬱渾厚、情感細膩見長，有「豉味腔」之稱，意謂如廣東的豉味雙蒸酒，別有一種內斂的、本地的風味。李向榮創作並演繹的《雲雨巫山枉斷腸》等曲目，不論唱詞內容、曲牌配搭、行腔運氣，皆委婉纏綿，為男性表達細膩情感的佼佼者。此外，在 1961 年由商人崔德祺及何賢組建成立的濠鏡音樂會中，有一位名叫彭展雲的成員，任職三輪車夫，曾隨李向榮研習粵曲，既秉承了李向榮的「豉味」，又博採新馬師曾、陳笑風等名家所長，在行腔、咬字方面既植根傳統，別有一種不卑不亢的舒展氣息。[39] 這種澳門聲音，大抵是此時力爭向上的廣州和欣欣向榮的香港較難栽培的。

澳門街的「街」字儼如當年澳門城市性格的寫照，它固然沒有「廣州城」的官衙氣勢，也不如「香港地」天高地闊，亦難比「上海灘」的逐浪滔滔。抗戰期間，有報紙社評認為，澳門社會的特徵，是「樂善與安分」。作者說：

> 澳門一地，開闢較早，為珠江入口之重鎮，□粵鼎足而立，世稱省港澳三埠，然久居港粵者，雖仰慕乎巨大都市之繁榮，而莫不感覺紛擾奔競，精神緊張，不似澳門之寧靜安樂。……世變亟矣，星火燎原，烽煙四起，而澳門以世外桃源見稱，豈偶然哉！具「樂善」與「安分」二

39 詳見文化和旅遊部民族民間文藝發展中心主編：《中國曲藝志．澳門卷》的〈傳記〉「李向榮」和「彭展雲」條（第442及449頁）。

種美德，有以使之然也，記者不敏，亦澳門市民一份子，敢不追隨三十萬市民之後，爭相勉勵，以保持此「樂善」與「安分」之特徵乎！[40]

但在目下這個追求無限增長的時代，要保持「樂善」與「安分」，又談何容易呢？如今，即使在澳門街，李向榮的豉味腔和彭展雲不卑不亢的舒展音聲，亦如當年省城的粵謳一樣，已邈如星漢，此風會遷流，可為浩歎者也！[41]

40 《市民日報》，1944 年 8 月 17 日。

41 最後三句，襲自同治《南海縣誌》〈列傳〉招子庸條。

餘　音
遠去的都市，失散的埠頭

上海灘、廣州城，先後於 1949 年 5 月和 10 月走進新時代。澳門街，到了五十年代中，曾在此暫避戰火的朋友們互相告別，市面歸於平淡。至於香港地，此時有幸接收了許多原來流動於四地間的人才。本書各章提到的許多憑聲音留名的人物 —— 呂文成、尹自重、胡蝶、琼仙、胡章釗，還有無數的粵劇藝人 —— 五十年代後不少都落戶香江。另一個在前文沒有論及，但又不得不提的赫赫有名的例子，是 1946－1949 年間任職廣州「風行電台」，聲音遍播省港澳的李我。他在 1949 年 10 月加盟香港的「麗的呼聲」，2021 年在港辭世。[1] 還有許多過去名不見經傳的人物，他們的歌聲也曾在香港響起。擅長南音和板眼的瞽師杜煥，早在 1926 年便從廣州河南輾轉來到香港，約從 1955 年開始在香港電台演唱。我們甚至不

1　詳見李我著、周樹佳整理：《李我講古（二）—— 浪擲虛名》，香港：天地圖書有限公司，2004 年。

妨揣測，前文提到曾在香港演唱在省城已失傳的粵謳的李銀嬌師娘，很可能也是從廣州移居香港的。[2]

種種粵人之聲，由是在香港延續，其後再次轉化，孕育出更多元更新穎的都會性，衍生了七十年代至世紀之交的粵語流行曲。這種粵語流行曲已完全甩掉了舊日西關話的「sẓ sẓ」聲，它甚至不願意跟隨粵曲的「口鉗」，因此也不會小心翼翼地運用口腔各部位以達致舊時代要求的字正腔圓，但其英文名字「Cantopop」，仍表明了「香港的」粵語流行曲並沒有忘掉它秉承的聲音乃來自另外一個城市——Canton——的事實。曲詞家為粵語新歌寫詞配譜時，仍然不會偏離以西關音為依據的九聲六調，而且處處有上海的影響。黃霑談到在上海揚名、創作《博愛歌》、《月兒彎彎照九州》等國語歌的作者梁樂音，六十年代在香港為「新奇洗衣粉」寫廣告歌時，[3]有這樣的評價：

2　杜煥生平見《失明人杜煥憶往》光盤所附小冊，榮鴻曾製作，香港歷史博物館、香港特別行政區政府康樂及文化事務署，2004 年。杜煥及李銀嬌錄音收入在《香港文化瑰寶系列之三》光盤，榮鴻曾、吳瑞卿編輯及策劃，香港：香港中文大學音樂系中國音樂資料館出版，2011 年。

> 當時是國語歌領風騷的年代，梁生是廣東人，對粵語九聲的認識要比他的同行多。他的廣告歌，字一定準。有時候，因為旋律進行，字填了上去，要倒；他就用裝飾音，把字的「韻首」藏了在裝飾音上，再用「韻腹」滑行，然後用「韻尾」協諧在本來要押的原音上。像《新奇洗衣粉》廣告歌的尾句，如果照旋律唱，不加裝飾音，就會像「新奇洗衣糞」了。但他把「粉」字的F音先上高一度的裝飾音，然後滑下，結果字圓音正之餘，還另有一種中國歌花音搖曳生姿的獨特韻味。這是中國傳統戲曲吸收過來的技巧，實用得很。[3]

在某種意義上，我們正在失去的，就是這種執意在「新奇洗衣粉」的「粉」字加花合韻，做到字正腔圓的聲音。撰寫流行曲要符合粵語九聲六調的這個傳統，源於粵曲；粵曲的成型，又源於對廣州白話西關音調的遵循，以及本地歌謠傳統尤其是南音和粵謳

---

3 吳俊雄編、黃霑書房製作：《黃霑看黃霑，1941－1976》，香港：三聯書店，2021 年，第 124－125 頁。

圖 5.1 「月老牌新奇洗衣粉廣告歌」，註明是梁樂音作曲，尤注意最後「粉」字的裝飾音處理（2 ↗ 3 ↘ 1）。廣告刊登在《星島晚報》1960 年 7 月 6 日頭版，這樣的「有聲廣告」—— 把曲譜及作者刊登在廣告上並置於頭版 —— 在今天已不復見。圖片承蒙老同學託人複製。

的發展與完善。不了解十八世紀以來廣州白話「西關音」被標識的過程，以及省港澳滬的歷史與互動，便無法明白後來香港粵語流行曲的興衰。可以說，本書是香港粵語流行曲的一部「史前史」。本書的寫法，也因而刻意在每章加入許多「粵聲」，以喚起讀者的聽覺，儼如聲片初起時，編劇或導演總愛加上各種有關或無關的聲音，以示值回票價。

那麼，列位看官，閱罷拙作，你能聽到什麼聲音呢？十八至十九世紀「sz̥ sz̥」聲的西關話？十九世紀用官話唱的梆子二黃？二十世紀初同時在省港澳滬唱響的由官話變白話的新式粵曲？二十世紀二三十年代上海中華音樂會同奏的粵樂？來往廣州香港的省港大班的鑼鼓弦索？四地電台廣播的粵樂粵曲唱片？二十世紀四十年代薈萃澳門的各色班霸大唱特唱的外江小調和中外時代曲？澳門酒店舞廳梵鈴、色士、木琴、吐林必、爵士鼓齊奏的精神音樂？五十年代李向榮彭展雲在澳門恬靜抒懷的拖腔？讀着讀着，假若你對這些歌曲有點了解，心中應已響起各種旋律；假若你不熟悉或根本不喜歡，也許會感到吵耳嘈嘈。無論如何，以上種種曾幾何時在四個城市齊鳴共響的聲音，部分已經逝去，或正在逝去，或扭曲變形，這正是本書主題所在。

聲音有潮流，像「新奇洗衣粉」這種廣告歌，到了九十年代已被認為「老套」；時至今日，粵語流行曲會被稱為「金曲」，也不無調侃其「過時」之意，但喜愛和追慕者，亦大有人在。可見，這個聲音消逝的過程，仍在進行中，有好些現象，還沒完全過去，但支撐這種粵聲共享和流轉的機制，已逐漸消失。由於更宏觀和複雜的歷史原因，四個城市自身的處境和彼此的關係在二十世紀中出現了結構性的變化——省港關係最具象徵意義的突變是九廣直通車在 1949 年中斷，三十年後在 1979 年 4 月 4 日才再度恢復——這也是本書的副標題用「過去式」而不是「過去」的原因。[4]

此處借用美國漢學家列文森（Joseph Levenson）論現代中國文化的變化到底是「詞彙」（vocabulary）之變抑或是「語言」（language）之變的比喻。[5]「詞彙」之變是片面的，「語言」之變是深層的。本書討論的

4 八十年代原有的省港關係某種程度的「恢復」，再一次見於兩地粵劇演員的重聚與合作中，這從羅家寶的經歷可見一斑，詳見程美寶編撰：《平民老倌羅家寶》，香港：三聯書店，2011 年。

5 見 Joseph R. Levenson, *Confucian China and Its Modern Fate: A Trilogy*, Vol. One: The Problem of Intellectual Continuity, Berkeley and Los Angeles, University of California Press, 1968, pp. 146-163.

是「語言」之變，此種變化在兩重意義上同步發生（本義和比喻）。語言（本義）之變是聲音之變。由於代際更替，不論在廣州還是香港，好些年青人的粵語與長輩的粵語在聲、韻、調、詞四個方面都走得愈來愈遠。語言學家張洪年指出，香港粵語本屬廣州粵語系統，「但最近幾十年來的變化，已教人有不復舊日鄉音之感。滿街的年輕人，張口説話，常常語帶所謂的懶音，乍聽起來，恍如別一種方言」。他進而提出，香港粵語已自成一個新的語音系統，但也認為，廣州香港往來頻密，兩地的粵語將來會否又同歸一轍，亦並非沒有可能。[6] 據筆者所知，目下許多廣州人也注意到廣州的粵語有「老廣」和「嫩廣」之別。到底語音之分別與變化，更多是區域之別（穗港），抑或屬世代之變（老嫩），還有待語言學家跟蹤研究。畢竟，聲音於人而言，是由裏而外發出的，這場裂變，因而也是深入到人身以至人心的。

語言之變也是制度和社會之變（比喻），恰與聲音之變並行。種種政治和社會因素，使省港澳滬幾個

---

6 張洪年：〈二十一世紀的香港粵語：一個新語音系統的形成〉，原在 2003 年出版，收入氏著：《香港粵語：二百年滄桑探索》，第 1—23 頁，引文見第 3 頁。

城市的關係發生了不可逆轉的結構性轉變，導致原來共同共通的粵語聲域（Cantonese soundscape，或譯作「聲景」）逐漸萎縮。筆者估計，這個聲音消逝的過程，再過二三十年的光景，會變得更為徹底。在這個意義上，本書應有續篇。其實，以空間論，本書也頂多只論述了三分之一。筆者曾在一篇文章中，以粵劇、粵曲、粵樂的流動現象為中心的粵語聲域的形成過程，繪畫出一幅以粵班流動為例的粵語聲域示意圖（見圖 5.2）。這個空間的體量其實相當龐大，堪做一部世界史。

此圖用字號的大小和相對的方位來表示城市的關係與位置。正如本書已討論過，在這個「粵聲」世界中，「省港」是核心，澳門雖小，但因其歷史地位，與省港兩地結成一個「鐵三角」。[1] 省港澳周圍的鄉鎮稱為「四鄉」，但不少經濟實力雄厚。「滬」字在圖中比「省港」二字小，但比「澳」大，以其粵商雲集。圖中特意在「滬」字下面加上「廣肇」二字，是因為上海的粵人在晚清便建立了「廣肇公所」，所謂「廣肇」，是指清代的「廣州府」和「肇慶府」，也就是廣東省粵語人口最集中的兩個府。再往西便是高州、雷州、廉州、瓊州（海南島），這四個時人合稱為「下

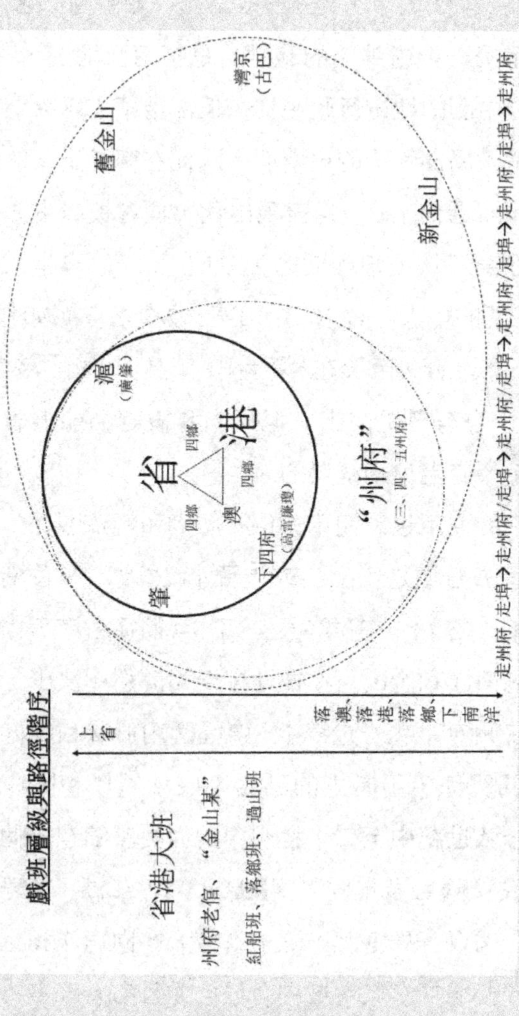

圖 5.2　以粵班流動為例的粵語聲域示意圖（筆者自繪）

四府」的地區，語言混雜，在彼地演出的粵班又稱「過山班」，與「省港大班」形成對比。圖中用「州府」一詞表示第一環虛線圈的範圍，是指南洋地區，「州府」本是中國的地方行政名稱，但卻被華人用來稱呼當時由歐人局部管治的東南亞，因此在南洋出身的演員叫「州府老倌」，一旦表現出色，便會被省港大班延聘。在第二環虛線範圍的「金山」（一般專指三藩市）演出過的伶人，會以「金山某」為藝名，儼如「金山客」一樣矜貴。至於在「新金山」（澳洲）和「灣京」（古巴），也有粵班演出，但極少會被認為能與省港大班甚至州府老倌相媲美的。

動詞的運用也説明了方位、層級和親疏關係。長期以來，去省城是「上」或「晉」；去澳門、香港、四鄉，是「落」；去南洋，是「下」；而從省港等大碼頭出發到南洋和金山再在彼地各埠頭間巡迴演出，則稱為「走州府」和「走埠」。這幅圖用形狀和線條來表示空間關係，用時人的話語來展示層級和階序高低，將十八世紀中至二十世紀中的歷史壓縮在一個平面上。在這兩百多年間，「粵聲」的「江湖」，逐步發展成一個以「省港澳＋滬」為核心，向南洋和金山輻射的一個域外有域、域內有域，並且有着許多「之間」地帶的「超巨區」。然而，隨着第二次世界大戰後東南亞民族國家的崛起，加上亞太地區冷戰的地緣政治作祟，這些「之間」地帶一直在萎縮，「粵聲」的江湖也逐漸消亡。[7]

都市遠去了，埠頭失散了，潮起潮落，「珠江、香江、濠江、申江」這種互為呼應的說法，也逐漸被遺忘了，這也許正是本書的主題——一種曾幾何時共同共通的聲音和聲景逐漸消逝——的更深層的體現。但如此複雜的分析和討論，恐怕並非一本小書能夠承載的，且留點餘音，聽候下回分解。[8]

---

7 更詳細的討論，見拙文〈國別思維與區域視角〉，《史學理論研究》，2022 年第 2 期，第 18－26 頁。

8 本書尤其是本章的定名，乃受上海華東師範大學張濟順教授《遠去的都市：1950 年代的上海》（北京：社會科學文獻出版社，2015 年）書名的啟發。該書討論了五十年代上海經歷的巨變，還有五六十年代香港電影如何填補了上海西方影片的缺失，尤其深刻，是理解本書未能充分發揮的有關五十年代以來的結構性轉變的重要參考。

後　記

本書乃以我過去二十年撰寫的多篇文章為基礎，加上近年對新舊材料的發掘與發見，沿着一條「聲路」提煉而成的。第一章〈廣州城〉、第三章〈上海灘〉和第四章〈澳門街〉的部分內容來自幾篇舊文，全文皆可在我與黃素娟合編的《省港澳大眾文化與都市變遷》一書找到，而該書收入的宋鑽友、曾金蓮、張寶珊和黃素娟等作者的文章，也是本書相關章節的重要參考。第二章〈香港地〉，大部分內容出自我〈省港聲色味——從 20 世紀 20 年代兩地畫報所見〉一文（收入在陳平原、陳國球、王德威編：《香港：都市想像與文化記憶》，北京大學出版社，2015 年）。〈上海灘〉一章談到粵語聲片的部分，出自我與葉鋭洪合寫的〈「啞片乎抑響片乎？」：二十世紀三十年代有聲電影在華的引進、生產與迴響〉（郭靜寧、吳君玉編：《探索 1930 至 1940 年代香港電影：上篇・時代與影史》，香港電影資料館出版，2022 年）。〈澳門街〉一章，部分內容出自我忝作副主編的《中國戲曲志》和《中國曲藝志》澳門卷的綜述。綜述雖由我執筆，但兩部志書是澳門沈秉和先生領導編纂的集體成果，核心成員包括謝少聰、關瑾華、黎月梅、黃靜珊、葉少玉，大家共同做了大量的資料搜集和編寫工作，我在這裏必須加以交代。

本來後記寫到這裏就該結束的，但我在撰寫此書期間的某次經歷，讓我不由得又多寫幾句。2024 年 9 月 7 日，我路經中環石板街一個賣拖鞋的攤檔，見它品種繁多，便停下來買兩雙，順便跟檔主搭訕。這位七十多歲的老人家健談得很，説自己在灣仔出生，曾學做裁縫、廚師，還學過做鞋。老伯口鉗清楚，一口西關音，我便問他父親從哪裏來，他説是順德大良，來到香港後便在太平館打工。太平館是粵式西餐廳，十九世紀下半葉先在廣州開業，後在香港開分店 ——這不又是本書不斷強調的省港關係嗎？——我正想追問之時，看到有位女孩要買拖鞋，為了不妨礙老伯做生意，便讓女孩先買好再説。豈料她除了要買拖鞋，也是要跟我打招呼的，原來她是本系去年畢業的學生，我曾給她上過課！實不相瞞，我們當老師的，大凡在校外碰到舊生跟自己打招呼，談談畢業以來的情況，都會感到格外親切的。

如果不是有這位伯伯還在港島最古老的街道上擺

攤，可能我跟這位學生不會如此巧遇。我深信歷史和歷史教育的作用，這次師生倆與一位老香港的邂逅，正是系慶十週年的最佳紀念，也是與對這本小書的主題的一點微弱的迴響。謹此誌之。

2024 年 9 月 30 日

香港城市大學中文及歷史學系
創系十週年叢書
05

消逝的聲音

省港澳滬的過去式

程美寶 著

叢書總編　程美寶　陳學然

責任編輯　黎耀強
裝幀設計　簡雋盈　陳佩珍
排　　版　陳美連
印　　務　劉漢舉

出版
中華書局（香港）有限公司
香港北角英皇道 499 號北角工業大廈 1 樓 B
電話：（852）2137 2338
傳真：（852）2713 8202
電子郵件：info@chunghwabook.com.hk
網址：http://www.chunghwabook.com.hk

發行
香港聯合書刊物流有限公司
香港新界荃灣德士古道 200 - 248 號
荃灣工業中心 16 樓
電話：（852）2150 2100
傳真：（852）2407 3062
電子郵件： info@suplogistics.com.hk

版次
2024 年 12 月初版
2025 年 3 月第二次印刷

規格
32 開（190mm × 130mm）

ISBN
978-988-8912-08-7